옥상 위의 칸트

혼자라고 느낄 때
일상을 움직이게 하는
삶의 태도와 일상철학

옥상 위의 칸트

김현수 지음

북산

일러두기

1. 이 책에 등장하는 주요 인명, 작품명, 지명, 기관명은 '외래어표기법'을 따르되, 관용적인 표기와 동떨어진 경우 일부는 절충하여 실용적 표기에 따랐다.
2. 책 제목은 『 』, 음악과 미술 작품명은 〈 〉로 표기했다.

악마라는 별명에 별 불만이 없다.

그것이 나를 일깨우고

환자들을 위한 일이라면.

1980년대 어느 무더운 여름날, 원주의 한 만화방에서 악마를 처음 만나 맥주를 마시며 이현세 화백의 『국경의 갈가마귀』의 까막이 처럼 살자고 했다. 다른 어느 날에는 하얀 야구복과 모자를 쓰고, 최운봉 원장과 함께 마운드에서 강속구를 뿌리는 김현수 원장을 부럽게 바라봤던 기억이 생생하다. 이때가 김현수 원장이 주도하여 만든 'MSC(Medical Sport Club)' 동아리가 태동되던 시기였다.

『옥상 위의 칸트』를 읽고 나서, 수많은 생각의 강 속에 깊이 잠기게 되었다. 뇌에 부딪히는 많은 단어들 중 먼저 '옥상'이라는 단어에 매달려보았다. 옥상은 건물의 제한된 공간에서 벗어나 주변을 바라볼 수 있는 공간으로, 이 책에서의 옥상은 한 병원의 원장, 한 회사의 경영자, 한 가정의 가장, 마지막으로 한 개인의 자아가 초월하고자 하는 내면의 플랫폼인 것 같다. 다른 사람처럼 현실에 안주하면서, 다른 의사가 쓰는 약제로 환자를 치료하면서 살았으면 편했을 텐데, 저자는 힘든 연구를 시작해 기어코 줄기세포치료제를 전 세계 최초로 만들어냈다. 그리고 난치성 질환에 적용하였고, 성공하였다.

저자는 '안주'라는 단어를 싫어하는 것 같다. 본문에서도 안주라는 단어는 '술안주'로만 나온다. 끊임없이 현실에 도전하고, 좌절하고, 극복하고, 다시 도전하고, 또 그런 자신을 악마에 비유했다. 하지만 나는 그가 악마라기보다는 변화를 거부하는 주변과 변하지 않으면 생존할 수 없는 미래 사이에서 치열한 싸움을 하는 '화난 황소'처럼 느껴진다. 세상을 뒤집어 삼킬 만한, 모두가 두려워하는 해일 속에서 파도를 타는 정신 나간 사람, 무모한 사람처럼 보이지만, 저자는 분명 고난, 한계, 좌절을 즐기는 '마조히스트' 유전자를 무기 삼아 세상과 겨루고 있는 것이다.

쉬지 않고 한숨에 처음부터 끝까지 읽은 것 같다. 오랜만에 한 사람의 진솔하고 꾸미지 않은 인생을 즐겁게 여행한 것 같다. 그리고, 다시금 처음부터 그림과 그 밑에 있는 글귀를 살펴보았다. 예술을 통해 언어를 초월한 자신의 깊숙한 내면을 전달하며, 치유자로서 살고 싶다는 저자의 진심이 전달되었다.

_**어 영**(연세대학교 원주세브란스 병원장)

2005년, 김현수 박사를 모란시장에서 처음 만나, 유 박사와 함께 술 한잔하며 이야기를 나누었다. 당시 김 박사는 의대 교수를 사직하고 줄기세포 회사를 운영 중이라고 했다. 나는 안정된 직장을 나온 그의 결심이 무척 대단해 보였다. 그 후, 2011년 파미셀㈜에서 세계 최초 줄기세포 시판허가를 득했고, 케미컬 사업까지 진출, 김현수 내과를 개원하는 과정까지 쭉 지켜보았다. '누가 사업을 하겠는가' 싶을 만큼 수많은 난관이 있었지만, 그는 어려움을 돌파해냈다. 줄기세포 사업은 유혹이 많음에도 그에게서 한 번도 흔들리는 모습을 본 적이 없다. 진심으로 존경한다. 그를 보면서 세상은 창업가의 무한 책임감으로 지속되고 발전하고 있음을 느낀다. 아들에게도 몇 번이나 이야기할 만큼, 오너의 책임은 차원이 다르다. 줄기세포 기술의 상용화는 여전히 멀지만 그러나 인간은 이를 실현시키는 존재이다. 결국, 그의 도전은 어느 날 눈앞에 펼쳐져 인류의 건강과 삶을 바꿀 것이라고 믿는다. 김 박사의 말처럼 사업의 사명감도 후배들에게 넘기고, 20여 년 만에 세 명이 모란시장에 다시 모여, 돼지 부속에 막걸리 한잔하며 은퇴 이후를 이야기했으면 좋겠다.

_이용민(검사)

한 가정의 멋진 가장, 사람의 생명을 살리는 의사, 바이오산업을 이끄는 경영자, 세계 최초로 줄기세포치료제를 개발한 연구가, 모교를 사랑하는 동창회장 등 이 책의 저자를 소개할 수식어는 정말 다양한 것 같다. 하지만 우리는 저자가 이러한 사회적 성공과 눈부신 업적을 달성하기까지 얼마나 처절하게 고뇌하고, 행동으로 실천했는지 잘 알지 못한다.

이 책 『옥상 위의 칸트』는 '인간 김현수'가 견지하고 있는 삶에 대한 철학과 그간의 노력을 엿볼 수 있게 해주며, 동시대를 살아가고 있는 우리에게도 조금 더 가치 있는 삶을 살아가기 위한 통찰과 근본적 질문을 던져주고 있다. "연구는 (공짜)쿠폰으로 가능하지 않다"라고 말하는 저자처럼, 빛나는 내일을 위해 한 발짝 한 발짝 성실히 나아가고 있는 이들에게 이 책을 꼭 추천하고 싶다.

_백순구(연세대학교 원주의무부총장 겸 의료원장)

옥상 위의
산책에서 돌아오며

매일 많은 사람들을 만나고 헤어진다. 환자들을 진찰하고, 회사의 직원들과 업무를 하고, 내가 속한 단체, 모임들과의 약속이 수도 없이 잡혀 있다. 매일 그처럼 많은 사람을 만나고 헤어지는 일상에서 느끼는 것은 언제나 나 혼자라는 사실이다. 고독은 그래서 생겨난 모양이다. 좀처럼 충만으로 가득하지 않은 자신을 어떻게 채우며 살아야 하는지 누구나 한 번쯤은 고민해봤을 것이다.

혼자가 되는 시간이면 책을 읽고, 음악을 듣고, 그림을 그리며 나를 심심하지 않게 두었다. 그런 것이 좋아서 했다기보다 삶에서 오는 쓸쓸함, 불안, 헛헛함이 내 근처를 기웃거릴 때 책을 읽는 것이 위로가 되었다. 솜씨 없는 그림이지만 캔버스에 붓질을 더하고 모두가 퇴근한 사무실에서 바흐의 선율에 눈을 감다 보면 텅 빈 것 같다가도 내 안에 모든 것이 채워지는 기분이 들었다.

'혼자 있다는 것은 외로운 것이 아니라 고독한 것이라고, 외로움은 저절로 찾아오지만 고독은 내가 찾아가는 것'이라고 누군가 말했다. 한마디로 고독은 내 안에서부터 시작된다는 것이다.

이 말처럼 내가 고독을 찾아갔는지는 잘 모르겠다. 나는 그저 혼자가 되는 시간이면 그 시간을 충실히 나에게 쏟았다. 어느 누구도 나보고 책을 읽으라 한 적도 없고, 그림을 그리라고 한 적도, 일기를 쓰라고 한 적도 없다. 어린 시절처럼 훌륭한 어른이 되라며 음악, 미술 수업까지 챙겨주시던 어머니의 잔소리가 있었던 것도 아니다. 그저 혼자라는 기분이 들 때면, 습관처럼 나만의 산책에 빠져 생각하기를 멈추지 않았다. 그리고 답이 없는 질문들이 사라질 때까지 내 안에 두터운 토양을 쌓고 또 쌓았다. 언젠가는 나의 부족함을 탓하지 않고도 내 안에서 비옥한 것들이 자라나기를 바라며.

이 책은 내 '고독한 밤의 랩소디' 같은 것이다. 읽고 끄적이고 메모한 것들에게 명분을 만들어 자유롭게 해주고 싶어, 나와 주변의 이야기를 모아 한 권의 책으로 묶어보았다. 혹자는 나더러 아직도 해야 할 공부가 남아 있는 것이냐고 놀리기도 하지만, 나는 더 많이 알고 더 배우기 위해서 공부하는 것이 아니라, 부족함을 채우고, 나의 못나고 무른 부분까지 다독여 좀 더 성숙한 인간이 되고자 할 뿐이다.

부조리한 세상에서 나를 지키고 다른 사람에게 상처를 주지 않으려면, 내 영혼의 쉼터를 만들어줘야 한다. 그래야만 세상을 비난하거나 징징대지 않고 긍정적인 마음으로 현실과 마주할 수 있기 때문이다.

환자를 치료하고 의학을 연구하고 회사를 경영하면서 받는 스트레스가 서랍 속 명함처럼 매일 쌓이지만, 모두 내가 만든 인연이고 내가 풀어나가야 할 문제들이라 외면하거나 도망치지 않고 잘 버티며 극복해왔다. 힘들 때마다 삶의 지혜를 깨닫게 하고, 영혼의 평화를 강물처럼 흐르게 해준 철학자와 문학가들에게 경의를 표한다. 깊이 없이 쓴 글에 그들의 용서를 구하며 독자들에게는 뻔뻔한 일독을 권하고 싶다.

책이 나오기까지 수고해준 도서출판 북산 식구들에게도 감사의 마음을 전한다. 그리고, 이 글을 읽고 필독에 대한 부담으로 당황할 가족들에게도 사랑을 전한다.

2023년 여름, 김현수

차
례

추천의 글   6

책머리에 옥상 위의 산책에서 돌아오며   10

1

아픈 사람들을 위해 일하는 기쁨

의사 이야기

우리 병원은 언제나 굿모닝!   21

원장님의 영업 비밀   25

옥상 위의 일상 철학   30

난 아이스크림 먹으러 중국집에 간다 33

시시껄렁한 농담과 감동의 간격   38

자클린의 눈물   41

의사도 인체가 신비롭다   46

과학의 발전과 존엄   51

무한하고 무한한 일   54

비대면이 열어준 세상   57

연구는 절대 '쿠폰'으로 가능하지 않다 62

병에 지나치게 호들갑 떠는 사회   66

아름다운 죽음은 없다   70

치료보다 이익을 우선하는 사회   73

두 번 해고당했다   76

2

경영자 이야기

실패를 배우는 기쁨

악마의 뒤통수는 슬프다 87

정치적인 인간과 비정치적인 인간의 차이 92

씁쓸한 최선의 선택 96

개인주의 비즈니스 마인드 99

직설화법과 간접화법 106

기업의 미래 109

개인의 자유와 권리가 우선인 시대 112

무엇을 팔 것인가? 117

상술과 꼼수가 통하지 않는 사회 121

내 희망은 은퇴 126

20년 후를 위한 오늘의 다짐 132

3

평범하지만 나를 채우는 기쁨

가족 이야기

바나나우유를 먹는 아침   139

정직한 유전자의 힘   144

죽음이라는 평등의 무게 값?   150

퉁명스러움이 앞서는 이유   154

아들의 잔소리   159

구겐하임 뮤지엄에서 보내온 엽서   163

직업은 직업일 뿐   168

완벽한 사람은 없다   173

손자에게 물려주고 싶은 바이올린   179

FLEX, 나 오늘 돈 좀 썼어!   184

바지통과 패션의 관계   188

눈을 맞춰야 진짜가 보인다   192

부모에 대한 부채감   194

4

나에 대하여

삶을 공부하는 기쁨

나는 왜 일벌레가 되었을까?	203
열정이라는 여행지를 찾아서	208
자전거를 타고 우주로	211
냉정하거나 낭만적인	218
청구서가 따라붙는 사회적 직함	222
인생은 방황과 설렘의 연속	226
즐거운 사차원의 세계	231
부동산에 묶인 자본의 위험	236
잘못된 신념	239
세상은 준비하는 자의 것	244
소파와 바흐의 공통점	248

5

좋아하는 책

생각을 확장시켜주는 기쁨

루소를 읽는 밤	257
지혜의 돛대 위에서 니체와 함께	262
시대를 뛰어넘는 지식과 지혜 안창호	266
누군가는 이성을 누군가는 비이성을	272
결국에는 살아가는 태도와 의지의 문제	275
전쟁은 첨단 과학 기술의 시험 터	279

글을 마치며	286

1장

아픈 사람들을 위해 일하는 기쁨

- 의사 이야기 -

우리 병원은
언제나 굿모닝!

　우리 병원 간호사는 세 명이다. 환자들도 그렇겠지만, 출근해서 가장 먼저 간호사들의 밝은 표정을 보면 하루가 즐겁다.

　누군가 나를 어두운 얼굴로 바라본다면, '무슨 일이지?' 하는 생각에 계속 눈치 보게 될 것이고 그러다 보면 일에 집중력이 떨어질 것이다. 하지만 종잇장처럼 꾸깃꾸깃한 기분으로 병원에 들어서다가도 다림질한 듯 얼굴이 쫙 펴지는 것은 다 간호사들의 웃는 얼굴 덕분이다. 그래서 나도 저절로 한마디 하게 된다.

　"언제나 굿모닝!"

　사실 의사보다 간호사의 역할이 환자들에게는 더 중요하다. 내원해서 접수하고 안내받기까지 간호사의 표정과 말 한마디가 환자들에게 큰 영향을 준다. 몸이 불편해서 병원을 찾았는데, 간호사가 불친절하면 공연히 눈치 보이고 초라해질 수 있다. 특히 나이 드신 분들은 밖에서 무시당하거나 소외감을 느끼면 불같이 화를 내거나 기다리다 그냥 돌아가시는 경우도 흔하다.

　그렇다고 간호사에게 서비스 정신을 강요할 수는 없다. 말로 하는 강요나 권고보다 간호사의 복지와 처우에 대해 고민해야 한다. 상하관계가 아닌 인간적인 친밀도를 형성해야만 서로에 대한 신뢰가 생긴다. 종합병원이 아닌 개인병원의 경우는 사실 복지 환경이 좋지 않다. 육아 휴직이나 출산 휴가를 얻기도 어렵고, 갑작스럽게 내야 하는 연차를 쓰기도 어렵다. 개인병원 간호사의 이직률이 높은 것도 그러한 문제가 해결되지 않아서 그렇다. 아무리 능력 있는 의사라고 해도 병원의 이익만 중요하게 생각한다면, 병원은 절대 순조롭게 돌아가지 않는다. 간호사와 의사가 의기투합해야 환자도 늘어나고 운영이 잘된다.

　병원 식구들이란 종일 함께하면서 밥을 먹고 일상을 공유하기 때문이다. 눈빛만 봐도 무슨 문제가 있구나, 알아챌 수 있어야 한다. 가족 중 누군가 아프거나 일을 당했을 때는 눈치 보지 않고 말할 수 있는 분위기를 만들어주고, 내 능력으로 해결할 수 있는 일이면 먼저 도움을 줘야만, 간호사들이 마음 놓고 환자들을 대한다. 큰소릴 치거나 강압적인 분위기를 만들면 굴욕감을 느껴 인간적인 믿음이 무너질 수밖에 없다.

　나이가 들어가면서 느끼는 것은 종일 환자와 씨름하다 보면,

다른 일상적인 대화에 대한 결핍이 생길 때가 있다. 간호사들과 밥을 먹고 차를 마시며 수다 떠는 시간이 유일하다. 그러다 보니 가끔은 내 썰렁한 농담이 오지랖으로 변할 때가 있다.

한번은 한 간호사한테 둘째는 언제 낳을 거냐고 물었다. 간호사가 웃으며 말했다.

"원장님, 저 육아 휴직 내면 힘드실 텐데 괜찮으시겠어요?"

거기까지는 생각 못하고 뱉은 말이었다. 공백이 생기면 다른 간호사들이 힘든 건 당연하다. 그래도 우리 간호사가 출산했다는 소릴 들으면 공연히 기분이 좋아서 둘째까지 챙기게 된다. 아마 나이가 들어 꼬물꼬물한 생명이 그리운 모양이다. 어쩌다 내원하는 아이들만 봐도 기분이 좋아지는 걸 보면, 다 커버린 내 아이들의 어린 시절이 떠올라 그런지도 모른다.

환자들을 보느라 내 아이들의 꼬맹이 시절 모습을 놓쳐버린 것 같아 아쉬움으로 그 시절을 돌아보게 된다. 하지만 이젠 아이들이 각자의 시간을 보내느라 바쁜 것을 보면 아쉬움이 밀려온다. 얼른 손자를 봐야 간호사들한테 기대를 안 하는데, 내 아들딸한테 얼른 결혼하라고 잔소리 좀 해야겠다.

무슨 일에 종사하든지 하루를 함께 보내는 이들의 특별함은 다르다. 직장 내 괴롭힘을 당해 잘못된 선택을 하거나 범죄로 이어지는 사례도 많다. 이는 함께하기보다 개인을 중요시해서 그럴 것이다. 예전의 조직 문화라며 '꼰대'라는 비아냥을 들을 수도 있지만, 직장은 가족이라는 공동체와 다를 것이 없다. 간섭이 싫어 독불장군처럼 혼자 해결하고 혼자 살고 싶다면, 가족과 사회로부터 완전히 벗어나야 한다. 그렇게 살 수 있는 인간은 아마 없을 것이다.

뛰어난 예술가의 상상력과 창작력도 결국 함께하는 이들과 세상으로부터 얻은 것이니, 사회생활의 우선은 세상과 손을 잡는 것일 것이다. 함께 일할 누군가 있고, 함께 얘기 나눌 누군가 있고, 함께 밥을 먹을 누군가 있다면, 아직 살 만한 세상임을 자신도 느낄 것이다. 그래서 나는 오늘도 출근하면 가장 먼저 우리 식구들을 향해 힘차게 '굿모닝!'을 날린다.

원장님의 영업 비밀

점심은 대체로 병원 근처에 있는 식당에서 먹는다. 시간이 촉박할 때는 간호사도 그렇고 나도 진료 가운을 입은 채 식당으로 가기도 한다. 병원에서 밥을 시켜 먹을 수도 없고 시간 절약을 위해서 단체로 밥을 먹으러 가다 보니 주변 사람들의 시선을 한꺼번에 받을 수밖에 없다. 가까이 앉은 사람 중에는 어느 병원이냐고 묻는 사람도 있다. 그러면 나는 망설이지 않고 대답한다.

"요기 쌍봉빌딩에 있는 줄기세포 병원입니다. 오셔서 검사 한번 받아보세요."

대놓고 병원 홍보를 하니까, 간호사들은 살짝 민망한 표정을 짓지만, 나는 오히려 그런 상황이 재밌어서 어느 때는 일부러 더 크게 얘기한다. 사실 우리 병원은 내과 전문인데, 줄기세포 치료

병원이라고 하면 죽을병에 걸린 사람만 찾아가는 곳인 줄 알고 있다. 난치병을 주로 치료하기도 하지만, 내과 의사로서 하는 치료도 전문으로 한다.

병원 홍보는 전문인한테 맡기기도 하지만, 나한테는 동네 사람들도 중요하다. 병원이 있는 압구정은 부자들이 많이 살기도 하지만, 병원을 자주 찾는 부자들이 사는 곳은 아니다. 물론 건강하니까 병원에 자주 올 리 없기도 하지만, 부자들은 본래 푼돈 아껴서 큰돈 만드는 사람들이다. 나이 있으신 분들은 보건소에 가면 무료로 진료를 받을 수 있다 보니 더 병원을 찾지 않는다. 압구정에 옷 수선집이 많은 것도 그런 이유 중 하나다. 나도 옷을 한 번 사면 이십 년 이상씩 입는 스타일이라 압구정 골목에 있는 수선집을 가끔 찾는 편이다.

달라진 몸과 유행에 맞춰 옷을 수선해 입으면, 아끼는 옷을 계속 입을 수 있어서 좋고, 돈 아껴서 좋으니 일거양득 아닌가. 재밌는 것은 단골 수선집에 가서 이런저런 이야기를 하다 보면, 주인장의 몸 상태까지 알게 된다는 사실이다. 한번은 수선집 사장님이 트림을 자주 하시면서 속이 좋지 않다고 했다. 시간 될 때 우리 병원에 한번 다녀가시라고 했더니, 정말로 내원을 하셨다. 육십이 넘어 처음 해보는 위내시경이라고 했다.

검사 결과는 안타깝게도 초기 위암이었다. 먹고살기 바쁘기도 했지만, 워낙 건강을 타고나서 자신은 병원에 안 가도 된다고 했던 수선집 사장님은 위암 초기라는 결과를 듣고 얼굴이 하얘지셨다. 그제야 아차 싶었다. 어찌할 바 모르시는 사장님을 위해서 대학병원을 알아봐 주고 수술 결과까지 확인하고 나서야 나도 마음을 놓았다. 하마터면 병을 키울 뻔했던 상황이었다. 다행히 초기암이라 수술의 결과도 좋고 회복도 빨랐다.

고깃집 사장님도 나의 권유로 우리 병원을 찾았다가 관상동맥쪽에 있는 꽈리를 발견하게 되었다. 시술하면 괜찮지만, 그냥 두면 위험해질 수 있는 병이었다. 이처럼 건강은 방심하는 순간 문제를 만든다. 겉보기는 멀쩡해 보여도 속에서 무슨 병을 키우고 있는지 알 수 없다. 나로서는 직업병이 투철하다 보니 만나는 사람의 안색을 살피거나 조금만 이상행동을 보여도 그냥 넘어갈 수가 없다. 대놓고 병원 홍보한다고 생각할 수도 있지만, 꼭 우리 병원에 찾아오지 않더라도 눈에 보이는 병을 모른 체한다면 직업인으로서 직무 유기라는 생각이다.

단골 수선집, 식당, 은행 등 동네 사람들이 병원에 찾아오다 보니, 간호사들은 내가 병원 옥상에만 올라가도 '우리 원장님 또 영업하러 가시나 봐' 하면서 웃는다. 나는 당연하다는 듯 웃으며 옥상으로 올라가서는 한강에서 불어오는 바람도 쐬고, 나와 비슷한 폼으로 서 있는 옆 사람한테 말을 걸어가며 자연스럽게 병원 영업을 한다.

우리 병원은 동네 개인병원보다 규모가 크다. 줄기세포 치료병원이라 첨단 의료기기와 연구소까지 있어 그럴 수밖에 없다. 그래서 그런지 처음 내원하는 분들은 잘못 찾아왔나 싶어 그냥 돌아가기도 한다. 병원 자랑하려는 것이 아니라 내원한 환자들에게는 익숙한 분위기가 아니라서 당황하는 듯싶다. 엘리베이터 문이 열리면 바로 널찍한 데스크가 나오고 여러 명의 간호사가 친절을 보이니 순간 당황하는 것이다. 친절과 서비스 문화에 그리 익숙하지 않은 사람들에게는 사실 부담스러울 수도 있지만, 한두 번 내원하다 보면 금세 편안함을 느끼면서 간호사들과도 안면을 트고 잘 지낸다.

진료 시간에 잠깐이라도 빈틈이 생기면 연구소 직원들과 회의하러 자릴 옮기거나, 옥상으로 산책을 나간다. 내가 하도 이리저리 쏘다니니까 진료실이 비면 우리 간호사들이 서로 원장님 어디 가셨느냐고 찾으러 다니기도 하고, 동에 번쩍 서에 번쩍 하며 사라진다고 놀리기도 한다. 그래서 간호사들과 숨바꼭질하는 재미가 있어 일부러 말하지 않고 진료실 밖으로 나갈 때도 있다. 물론 어떤 날은 한없이 가라앉아 있을 때도 있지만, 짧은 시간조차 헛되이 보내고 싶지 않은 생활 습관 탓에, 시간이 남으면 무언가를 하지 않고는 못 배긴다. 무료함과 지루함을 자신만의 어떤 열정으로 채우는 것도 신선하고 즐거운 일이다. 그래야 지치지 않고 함께 또는 다 같이 살아갈 수 있다.

ⓖ 옥상 위의 칸트

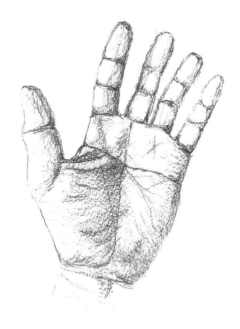

그림이 예사 솜씨가 아니라는 소릴 듣는다. 의사 말고 또 다른 재능이 있다면,
그것은 단언컨대 미술라고 믿고 있다.

옥상 위의 일상 철학

가끔 빌딩 옥상으로 담배를 피우러 간다. 병원에서는 절대 담배 냄새를 피우지 말자고 다짐한 터라 접근성이 가장 좋은 옥상을 선택했다. 그렇다고 옥상에 자주 올라가는 것은 아니다. 간호사들 눈치도 보이고 완전히 제거되지 않는 담배 냄새를 신경 쓰느라 그야말로 참을 만큼 참았다가 한 번씩 올라가곤 한다.

기분 전환하기에 도심의 옥상만큼 좋은 곳도 없다. 더구나 우리 병원 빌딩 옥상은 한강이 보이고 강 건너 남산까지 보여서 잠시 잠깐 바라보는 것만으로 기분이 확 달라진다.

옥상의 매력이 사방이 열려 있고 사람들이 거의 찾지 않아서 호젓하게 있을 수 있다는 것인데, 요즘은 그렇지도 않다. 형편이 넉넉지 못한 사람들이나 찾던 주택 옥상도 이제는 젊은이들이 선호할 정도로 인기가 많다고 한다. 빌딩 옥상 역시 냉난방기 실외기나 차지했던 예전과 달리 작은 공원으로 바뀌어 쉼터 역할을 톡톡히 해낸다. 담배나 한 대 피우고 슬쩍 내려가는 곳이 아니라 혼자 또는 다른 이와 차를 마시며 놀 수 있는 공간으로 바뀐 것이다.

우리 건물 옥상도 마찬가지다. 크고 작은 다양한 나무들이 그늘을 만들고 있고, 누군가 심었는지 모를 샐러리와 고추, 상추 같은 채소도 있다. 채소는 관상용으로만 심지 않았을 터인데, 아무도 손을 대지 않는 듯 매번 수확한 흔적이 보이지 않는다. 어쩌다 눈길이 가는 샐러리는 어찌나 튼실하게 향기까지 뿜어대며 잘 자라는지, 어느 날인가 잎사귀 몇 개를 따 씹어보았더니 향긋한 풋내가 입안 가득 고였다. 그 뒤로 나는 옥상에 갈 적마다 샐러리 잎을 하나씩 따 먹기 시작했다. 아무도 손댄 흔적이 없어 나 혼자 잎을 세어가며 따 먹었다.

평소 즐겨 먹는 채소가 아닌데 이상하게 샐러리만 보면 그냥 내려오기가 어려웠다. 다른 채소들 역시 손대는 이가 아무도 없는 듯 보였지만, 상추나 고추까지 따 먹기는 왠지 모양새가 그럴 것 같아서 샐러리 잎사귀만 조금씩 따 먹었다.

텃밭이라고 할 수도 없는 그 작은 화분들에서 그처럼 싱싱하게 자라는 채소들을 볼 때마다 새삼 경이로움이 느껴진다. 햇빛을 더 받거나 덜 받는 자리 상관없이 싹을 틔우고 꽃을 피우는 나무와 채소들을 보면 관계에 매여 살아가는 인간의 삶이 답답하게 느껴진다. 하찮게 볼 수도 있는 생명에 감동한다는 것은 사람이 자연보다 결코 위대하다고 말할 수 없기 때문일 것이다. 생각해 보면 인간이 가장 똑똑하다고 말한 것도 우리 자신이지 다른 생명체가 아니다. 무한한 우주의 생명체를 어떻게 비교하고 판단할 수 있겠는가. 잎사귀를 아무리 잘라도 며칠 지나면 다시 똑같은 모양으로 자라난 것을 볼 때마다 더 그런 생각이 든다.

옥상 텃밭은 나만의 갤러리가 되었다. 햇살이 좋으면 좋아서 찾아가고 바람이 거칠거나 비가 내리면 그것들이 쓰러지지 않았을까 궁금해서 옥상으로 향한다. 꽃잎 한 장, 잎사귀 한 장이 주는 색과 향기가 볼수록 나를 살아 있게 한다. 그깟 담배 한 개비를 피우려고 달려가던 전과 달리 옥상으로 가는 일이 이제는 나만의 즐거움이 되었다.

『월든』의 작가 헨리 데이비드 소로의 말대로 '중요한 것은 무엇을 보느냐가 아니라 어떻게 보는가'이다. 숲속에 통나무집을 짓고 대자연의 품에서 살다 간 그가 꿈꾼 것은 필사적으로 얻으려던 성공이 아니라 숲속의 바람과 야생화였다. 우리는 궁극적으로 소로처럼 살고 싶어 하지만, 그런 곳에 다다르기 위해 우왕좌왕 도시의 삶을 포기하지 못하고 있는 것인지도 모른다.

난 아이스크림 먹으러
중국집에 간다

직장인이라면 누구나 점심에 무얼 먹을까 고민한다. 구내식당이 있는 회사라면 선택이 훨씬 쉬울 테지만, 매일 직원들과 함께 점심 메뉴를 골라야 하는 상황이라면 그도 쉽지 않은 일이다. 빠듯한 점심시간을 이용하려면 회사에서 너무 멀지도 가깝지도 않은 곳으로 가야 커피 한 잔의 여유까지 쫓기지 않고 안전하게 즐길 수 있다.

메뉴 선택을 고민하면서도 회사 밖으로 나오는 것은 잠시나마 일터에서 해방되고 싶기 때문일 것이다. 나도 마찬가지다. 오전 회의와 진료를 마치고 나면, 빌딩 밖으로 나가고 싶은 충동으로 자꾸 창밖을 내다보게 된다. 11시가 조금 넘으면 도로가 빌딩에서 몰려나온 사람들로 가득 차는 것을 볼 수 있다. 어느 때는 저

많은 사람이 어디로 향하는지 내려다보다가 그들이 향하는 곳 반대쪽에 있는 식당을 정하기도 한다. 그러나 아무리 한산한 곳을 찾으려고 해도 점심시간엔 어디를 가나 만석이라 한산한 식당을 찾기란 쉽지 않다.

한정된 시간 안에 밥을 먹고 커피를 마시려면 매번 단골식당 몇 군데를 정해놓고 가는 수밖에 없다. 안면을 트고 지내면 자연스레 단골 행세를 할 수도 있고 가끔은 특별한 서비스도 받을 수 있기 때문이다.

나는 에너지를 많이 쓴 날 유독 자장면이 당긴다. 자장면에 탕수육을 먹고 나야만 매우 흡족한 식사를 한 것 같아서 병원 근처 중식당에 자주 가는데, 그 집에 자주 가는 또 다른 이유는 음식도 좋지만, 후식으로 나오는 아이스크림이 기막히게 맛있기 때문이기도 하다. 요거트가 가미된 아이스크림은 부드럽고 달콤해서 자장면을 먹고 난 후 후식으로 그만이다. 아이스크림을 먹기 위해서 자장면을 먹으러 간다는 것이 우습기도 하지만, 그 상큼하고도 시원한 아이스크림 한 컵을 먹고 나면 왠지 소모된 에너지가 다시 채워지는 느낌이다. 그래서 '오늘은 자장면이나 먹으러 갈까'라고 하면, 우리 병원 식구들은 '저 양반 오늘 진료가 고되어 아이스크림 생각이 나는구나'라고 받아들인다.

그렇다고 내가 좋아하는 음식을 먹자고 직원들에게 강요하는 꼰대는 아니다. 누군가 새로 개발한 식당 음식이 맛있다고 하면 기꺼이 그곳을 찾아가기도 한다. 직장인들에게 점심시간은 업무를 떠나 자유롭게 얘기할 수 있는 중요한 시간이다. 사적인 이야기를 나눌 수도 있고 사회적 관계를 떠나 사적인 이야기를 나누며 인간적인 신뢰를 쌓을 수 있는 시간이기도 하다.

점심 메뉴를 골라야 하는 일은 그래서 행복한 고민이다. 무엇을 먹기 위함보다 잠시나마 닫힌 공간으로부터 잠시나마 자유로워지고 싶은 것이다. 오전 일과를 끝내고 맛보는 바깥공기가 다르게 느껴지고 같은 풍경이 다르게 보이는 것도 열린 공간이 주는 자유로움 때문이라 오늘도 나는 점심에 무얼 먹을까 고민하며 빌딩 밖으로 나간다.

'오랜만에 아이스크림 먹으러 중국집이나 갈까?'

일과를 끝내고 맛보는 바깥공기는
다르게 느껴진다.
이렇게 하늘을 한번 올려다보면
왠지 소모된 에너지가 다시 채워지는 느낌이다.

시시껄렁한 농담과
감동의 간격

　병원 가는 일을 즐거워할 사람은 없다. 대부분 참을 만큼 참고 미룰 만큼 미루다가 병원을 찾는다. 질병에 대한 두려움과 번거로움이 동반되기 때문이다. 나는 환자들의 그러한 부담감을 덜어주려 되도록 자세하고 꼼꼼하게 진찰하는 편이다. 대기 환자들한테는 미안하지만, 조금 더 기다리게 하더라도 정확한 진료를 위해서는 시간이 필요하다.

　의사의 불친절한 태도와 짧은 진료 시간에 대해 환자들은 불만을 갖는다. 몸까지 안 좋은데, 환자와 눈조차 마주치지 않고 의례적인 진찰만 끝내는 의사의 경우가 그런 모양이다. 나 역시 매번 친절하고 정확하게 진료하지는 않았을 것이다. 노력은 했지만, 환자 모두를 만족시킬 수는 없었을 테니 큰소리 칠 입장은 아니다.

예방접종이나 단순한 검진 차 동네 병원에 들렀다가 다른 질병이 있다는 사실을 알게 되면, 의사도 환자도 치료에 큰 도움이 된다. 특히 연세가 많으신 분들은 자신의 질병에 대해 구체적으로 알고 싶어 하고, 적절한 치료에 대한 의사의 조언을 대단히 중요하게 생각한다.

우리 병원에 단골 환자가 많은 것은 시시껄렁한 농담과 깊이 있는 진료로 환자와의 거리를 좁히기 때문이다. 의사의 사소한 행동 하나 말 한마디가 환자를 안심시키고 의사에 대한 믿음을 갖게 하는 것이다. 덕분에 진료가 끝나면 파김치가 되긴 하지만, 그래도 흡족한 진료를 받고 돌아가는 환자들 모습을 보거나 그들이 재방문하는 것을 보면 자부심이 생긴다.

한번은 우리 병원 소문을 듣고 찾아온 일본인 환자를 진료하게 되었다. 난치병으로 줄기세포치료를 받고자 내원한 것이었다. 줄기세포치료를 받으려면 최소 두 번 이상은 병원에 와야 한다. 처음에는 세포 채취를 위해서, 두 번째는 배양된 세포로 치료받기 위해서다. 당시 일본에서 찾아온 환자는 세포 채취를 하고, 한 달 뒤 다시 오기로 하고는 일본으로 돌아갔다.

문제는 한 달 뒤 배양된 세포로 치료받아야 하는데, 그만 비자가 나오지 않아서 입국이 어려운 상태였다는 것이다. 일본과 한국은 그동안 무비자 입국이 가능했는데, 갑자기 비자를 받아야 한다는 정부 권고로 한국에 들어올 수 없게 되었다. 그냥 있을 수 없었던 나는 그 환자가 입국해서 내원할 수 있도록 모든 조치를 해야만 했다.

대사관에 편지를 쓰고 줄기세포치료를 받아야 살 수 있는 환자라는 걸 소견서로 강조했다. 혹시라도 비자가 나오지 않으면, 환자가 제때 치료받지 못하게 될 것이고 배양된 세포도 죽을 뿐만 아니라 치료 비용도 환자 부담이라 나로서는 가만히 있을 수가 없었다. 그러나 다행히도 어려울 줄 알았던 비자가 때맞춰 나왔고, 환자는 바로 병원으로 달려와 배양된 세포로 난치병을 치료할 수 있었다.

의사가 환자의 사소한 부분까지 신경 쓰는 것은 쉬운 일이 아니다. 대단히 귀찮은 일이기도 하지만, 질병을 목적으로 방문해야 하는 경우는 국적을 불문하고 생명의 문제로 생각해야 한다. 한 생명을 살리기 위해서라면 국경과 정치를 초월해야 하는 것이 의사의 사명일 테지만, 솔직히 말과 실천은 상황에 따라 다르기에 그런 말은 자조적인 질문일 뿐이다.

자클린의 눈물

자클린 뒤 프레Jacqueline Mary Du Pre는 영국의 천재 첼리스트다. 20세기 중반 영국인들의 자존심을 높여준 음악가로 불꽃같은 삶을 살다 간 것으로도 유명하다. 당대 유럽의 거장인 므스티슬라프 로스트로포비치는 자신의 재능을 뛰어넘는다며, 뒤 프레의 재능에 감탄했으며, 불과 20세의 나이에 클래식계에서 손꼽힐 정도의 스타가 되었다. 그녀가 더 널리 알려진 것은 피아니스트 겸 지휘자인 다니엘 바렌보임과 운명적인 만남 이후의 결혼 스토리 때문이다.

뒤 프레는 결혼 후 정력적인 음악 활동을 이어갔는데, 뒤 프레와 바렌보임의 음악적 교감이 최고였다는 찬사를 받았다. 그러나 음악 활동이 가장 왕성하던 시기에 그녀는 몸에 이상을 느끼기 시작했다. 시력이 떨어지면서 연주력이 쇠락했고 비평가들의 악평에 시달려야만 했다. 그녀가 앓기 시작한 질병은 다발성 경화증으로 중추 신경계에 이상이 생기는 병이다. 척수와 시신경에 영향을 미치는 만성질환으로 몸 전체에 증상이 나타날 수 있다. 일종의 자가면역장애로 여러 세포조직이 손상을 입는 위험한 질병이다.

뒤 프레가 이처럼 다발성 경화증을 앓게 되자, 남편인 바렌보임은 그녀를 챙기는 대신 젊은 피아니스트와 바람을 피우고 마침내 뒤 프레와 결별에 이른다. 천재 피아니스트 뒤 프레는 사랑하는 남편을 잃고 혼자 투병하다가 1987년 쓸쓸하게 죽어갔다.

그녀의 슬픈 이야기가 세상에 알려진 것은 그녀와 같은 시대 첼리스트로 활동했던 베르너 토마스 미푸네 덕분이다. 그가 유대인 작곡가 자크 오펜바흐의 미발표 곡 악보를 발견하게 되었고 뒤 프레의 이야기를 알고는 '자클린의 눈물'이라 이름 붙여 연주하기 시작하면서 세상에 다시 알려지게 된 것이다. 뒤 프레의 페르소나 같은 작품이라고 할 수 있는 에드워드 엘가의 〈첼로 협주곡 E단조〉는 엘가가 제1차 세계대전 막바지에 작곡을 시작하여 1919년에 완성된 작품으로 우리에게는 매우 익숙한 음악이다. 약간 우울하면서 장중하고도 고결한 느낌을 주는 것은 첼로 특유의 소리 때문일 것이다.

이 곡을 좋아하다 보니 엘가와 '자클린의 눈물'에 얽힌 사연까지 파헤치게 되었다. 자클린 뒤 프레가 앓았던 다발성 경화증은 국내에서는 발병률이 매우 적었는데, 최근에 증가하고 있는 추세다. 신약이 개발되어 사용되고 있기는 하지만 아직은 치료 효과가 크다고 할 수 없다.

올해 초 우리 병원에도 아부다비 대사관 무관부에서 환자에 대한 문의가 왔다. 다발성 경화증을 20년 이상 앓고 있는 군인 환자라고 했다. 당시 나는 국내 환자를 치료한 경험이 있어 그 환자를 줄기세포로 치료하겠다고 했다. 환자는 젊은 시절 군인으로 활발한 활동을 하였으며 태권도 유단자라고 자랑할 정도로 건강했다고 한다. 그러나 다발성 경화증이란 병을 앓기 시작하면서 몸은 급격하게 쇠약해졌고, 여러 의사로부터 신약 치료를 받았으나 실질적으로 호전된 적은 없다고 하였다.

환자는 오랫동안 활동이 제한되다 보니 체중이 늘어 대사성 질환과 관상동맥 질환까지 앓고 있었고, 치료에 대한 의욕도 많이 떨어져 있는 상태였다. 병을 치료하는 데는 의사의 의지도 중요하지만, 환자 자신이 질병과 싸워 이겨야겠다는 의지가 더 중요하다. 몸의 주체자가 어떤 마음으로 질병에 대처하는지에 따라서 몸이 준비를 하기 때문이다. 우선은 환자가 나을 수 있다는 의지를 가지고 치료에 임할 수 있도록 긍정적인 마음을 갖도록 하는 게 중요했다.

줄기세포치료제는 전문의약품으로 엄격히 관리되고 있어 치료가 가능한지 먼저 검사를 한 후에 골수를 채취하는데, 다행히 그 환자는 치료가 가능해서 곧바로 치료를 시작했다. 세 번의 줄기세포치료를 위해 그 환자는 가족들과 국내에 3개월간이나 머물면서 치료에 적극적이었다.

처음 우리 병원에 왔을 때는 혼자 일어서지도 앉지도 못했는데, 줄기세포치료를 세 번 받고는 스스로 일어날 수 있을 정도로 호전되어 매우 만족하고 떠났다. 의사로서 가장 보람 있는 순간이었다. 사는 나라와 환경이 다르고 과학의 발전도 편차가 있지만 몸의 질병은 예외 없이 누구나 걸릴 수 있고 어디서나 치료받을 수 있어야 한다. 생명의 가치가 누구나 평등하고 존엄한 이유다.

환자는 내년에 추가 치료를 받기로 하고 돌아갔다. 중동의 여러 국가가 줄기세포치료에 관심이 높다. 그만큼 난치병으로 고생하는 환자들이 많다는 뜻이다. 빈자나 부자나 인간이 질병으로부터 자유롭기는 어려운 모양이다. 의료산업 측면에서는 좋은 일이지만, 질병과 싸워야 하는 환자들 입장에서는 질병 없는 세상에 대한 희망이 더 클 것이다.

출국 전 마지막으로 촬영한 자신의 MRI 사진을 본 환자는 눈물을 흘리며 좋아했다. 생의 마지막 끈을 잡고자 하는 심정으로 나를 찾아와 치료를 받고 좋아졌으니, 아마 다시 태어난 기분이었을 것이다.

그 환자가 떠나고 그날 나는 엘가의 〈첼로 협주곡 E단조〉를 들었다. 사랑을 잃고 쓸쓸하게 죽어갔을 자클린 뒤 프레의 생을 상상하면서. 한 생을 기억하거나 떠올리는 것은 과거가 아니라 현재다. 아부다비에서 온 그 환자가 자클린 뒤 프레를 떠올리게 했고 그녀의 음악과 그녀의 삶을 불러내었다. 불 꺼진 진료실에 흐르는 〈첼로 협주곡 E단조〉가 숭고하고 아프고 쓸쓸한 것이 삶이라고 위로하는 것만 같았다.

의사도 인체가
신비롭다

　매일 환자들의 몸 상태를 살피는 의사도 인체에 대한 신비감은 보통 사람들과 다르지 않다. 같은 몸이라도 볼 적마다 달리 보이는데, 매번 다른 몸을 진찰하다 보니 그 오묘함과 신비감에 매번 놀랄 뿐이다. 우리 몸은 겉모습도 다르지만, 내장 기관도 같은 사람이 없다. 비슷하게 생길 수는 있어도 똑같을 수는 없다. 생김도 다르고 기능과 성질까지 달라 의사로서는 매번 새로운 치료를 해야 하는 입장이라 긴장을 늦출 수가 없다.

　따라서 경험의 축적만 가지고는 능력 있는 의사가 되지 못한다. 전문의 생활을 아무리 오래 했고 수술 횟수가 많다고 해도, 의학적 공부가 부족하면 의례적인 실수를 할 수 있다. 경험과 경력은 의사 개인의 능력일 뿐, 매번 똑같은 환자는 없기 때문이다.

힘든 의사 공부를 마쳤다고 자만하거나 방심하는 순간 의료사고가 생길 수 있다.

의사가 공부를 가장 많이 할 때가 졸업할 때 치르는 의사 국가시험이다. 국내 의과대학 또는 의학전문대학원 졸업 예정자가 응시하는 시험으로 '의사국시'라고도 한다. 의사국시는 본과 3학년부터 준비하는 게 보통이지만 4학년부터 시작하기도 한다. 인지도 있는 대학병원이나 종합병원 인턴으로 들어가기 위해서는 본과 내신 관리부터 해야 해서 치열하게 준비하지 않으면 안 된다.

전 과목 평균이 60점 미달이면 불합격이다. 자체 지필고사와 인턴 근무성적, 의과대학 내신을 합산한 점수가 들어가기 때문에 그야말로 피가 터지게 공부하지 않으면 국시 성적을 제대로 받을 수 없다.

내가 졸업할 때는 23과목을 통과해야만 라이센스를 취득할 수 있었다. 의사고시 자격증은 복지부에서 주고, 전문의 자격증은 각 학회에서 받는다. 의사 면허증을 받았다고 해도 3년마다 갱신해야 하는데, 이때도 교육 평점과 필수 평점에 따라 갱신 점수가 나온다.

의과대학부터 국시, 전문의까지 좋은 점수를 받았던 나는 설익은 벼 이삭처럼 꼿꼿하기만 했다. 자만심이 지나쳐 동료들로부터 건방지다는 얘기도 들었다. 무슨 일이든 가장 힘든 과정을 극복하고 나면, 당장은 의기충천해서 무서운 것 없는 법이다. 그때는 나도 그랬다. 그러나 내과 전문의 레지던트를 하다 보니 금방 한계가 왔다. 내 능력이면 무서운 것 없다고 생각했는데, 나는 정방향으로 가는 건 알고 있었지만, 방향 감각이 부족했다. 하수는 하나를 보지만 고수는 열 수를 본다는 이치를 깨닫지 못했다. 의사이지만 한마디로 학문적인 수련이 덜 되어 있었다.

부족함을 알게 된 나는 밤새도록 환자와 씨름했다. 처음부터 다시 공부하는 각오로 환자 옆에서 밤을 지새웠다. 제대로 이해하지 못했거나 간과한 문제들이 있나 고민하고 또 고민했다.

내 환자가 죽을까 봐 부족한 의학 지식을 적용하며 기도하는 심정으로 지켜보았다. 그 열의 덕분인지 몰라도 같은 기수 중에서 내 중환자가 영안실로 가는 경우가 가장 적다고 수간호사들이 말했다. 따지고 보면 의사였던 나보다 환자의 살고자 하는 의지 덕분인데, 그걸 알면서도 그 소릴 들으니 고생한 보람이 느껴졌다.

환자는 의사가 포기하는 순간 살고자 하는 희망이 사라진다. 생이 얼마 남지 않았다고 해도 의사가 환자를 놓지 않고 죽을힘을 다하면, 생명의 불씨는 꺼지지 않는다. 환자 상태를 탓하며 한계를 긋기 전에 끝까지 지켜보는 것이 의사의 한계라는 걸 나는 수없이 경험했다. 그리고, 의과대학을 졸업할 때 했던 '히포크라테스의 선서'를 떠올렸다. 대부분의 국가에서 사용하는 히포크라테스 선서는 제네바 선언에서 채택된 내용이며, 인류애를 기본적인 소양으로 하고 있다.

의업에 종사하는 일원으로서 인정받는 이 순간에

나의 일생을 인류 봉사에 바칠 것을 엄숙히 서약한다.

나의 스승에게 마땅히 받아야 할 존경과 감사를 드리겠습니다.

나의 환자의 건강을 가장 우선적으로 배려하겠습니다.

나의 환자에 관한 모든 비밀을 절대로 지키겠습니다.

나의 의업의 고귀한 전통과 명예를 유지하겠습니다.

나는 동료를 형제처럼 여기겠습니다.

나는 종교나 국적이나 인종이나 정치적 입장이나 사회적 신분을 초월하여 오직 환자에 대한 나의 의무를 다하겠습니다.

나는 생명이 수태된 순간부터 인간의 생명을 최대한 존중하겠습니다.

어떤 위협이 닥칠지라도 나의 의학 지식을 인류에 어긋나게 쓰지 않겠습니다.

나는 아무 거리낌 없이 나의 명예를 걸고 위와 같이 서약하겠습니다.

_《제네바 선언의 히포크라테스 선서》

의과대학을 졸업할 때 했던 이 선서를 나는 과연 얼마나 잘 지켜왔는지 묻는다면, 자신 있게 대답할 자신이 없다. 선서의 내용을 모두 지키며 의사 생활을 하기에 현실은 그리 녹록치 않았다. 그러나 나는 한 가지는 자신 있게 말할 수 있다. 연구자로 의사로 언제나 노력했고 내 부족함을 알기에 공부를 게을리 하지 않았다고, 나를 믿고 의지하려는 환자를 먼저 포기한 적은 없었다고 말할 수 있다. 의사고시를 공부하던 때의 열정만큼은 아니지만, 연륜과 경험에만 의지하지 않고, 나태해지지 않겠다고. 공부하지 않는 의사는 되지 않겠다고.

과학의 발전과 존엄

의료 행위도 그렇지만, 제약회사 중에는 생명 윤리보다 이윤 추구에 더 큰 목적을 두고 있는 기업도 많다. 이러한 기업의 행태는 종종 사회문제로 쟁점이 되어 소송으로 번지는 사례가 많다 보니, 법적 기준과 처벌도 갈수록 세지고 있다.

어떤 경우는 환자 치료와 직접적인 관련이 있어 여러 제도와 규제 법적 범위까지 고민할 수밖에 없다. 그러나 어디까지가 과학이고 윤리인지 가늠하기 어려울 때, 법과 정의와 환자를 놓고 가늠해야 할 때, 나는 망설이지 않고 환자 치료를 우선한다. 그 어떤 문제도 죽음의 갈림길에 선 환자를 배제할 수 없다는 생각이다.

칸트의 의무론에 보면, '도덕적 행위의 옳고 그름은 특정한 윤리적 의무를 따르는지 아닌지에 의해 결정된다'라고 했다. 하지만, 의무론이 독단적이거나 임의적으로 판단하고 일관성 없는 결론을 내릴 때가 많다는 비판도 많다. '가능한 행위 가운데서 최선의 결과를 가져오는 행위가 올바르며 매우 이타적'이라고 말한 밀의 공리주의 이론과 같다고 할 수 있다.

환자를 살리는 것이 목적이 되면 식약처(식품의약품안전처)의 벌금 고지서와 의사 면허증 취소 같은 강력한 제재를 염두에 둬야 한다. 벌금이 나오면 내고, 의사 면허증을 취소하겠다면 재판할 각오까지 해야 한다. 내 환자의 치료를 위한 일이라면, 그것이 내가 추구하는 높은 가치이고 정의라고 생각한다. 물론 엄청난 시간과 비용이 드는 일이다. 자칫 모든 것을 포기해야 할 수도 있는 상황이 닥칠 수도 있다. 그러나 인간에게 생명의 가치보다 더 크고 소중한 가치가 또 있을까.

특히 줄기세포치료는 생명 윤리와 재산권 같은 문제와 연결된다. 줄기세포 특허는 미연방 대법원의 판례에 따라 국제 특허가 나오는데, 그러한 문제 때문에 아무 권리를 주장할 수가 없었다. '사람의 유전자 코드는 상업화할 수 없다'라고 나왔다. 그러나 십여 년에 걸친 법정 다툼 끝에 의약품으로 생산은 할 수 있게 되었다. 다만 재산권은 여전히 주장할 수 없다. 진단에 쓰는 기술은 상업화가 가능하지만, 그 자체를 자신의 것으로 특허 낼 수 없다는 미연방법원의 판례가 있다.

옥상 위의 칸트

줄기세포치료의 가능성은 무한하지만, 가야 할 길 또한 멀다. 윤리 문제와 재산권 같은 인간적이고 법적인 문제들이 산재해 있지만, 의학적으로 풀어야 할 생명의 가치와 존엄의 문제도 존중되어야 한다. 의학과 과학을 만든 것도 결국 사람이 아닌가.

공서양속公序良俗이란, 민법에 나오는 말로 '공공의 질서와 선량한 풍속에 위반한 사항을 내용으로 하는 법률 행위는 무효'라고 규정한다는 뜻이다. 사회적 타당성이 인정되어야 하는 도덕관으로 건전하고 올바른 윤리 감정을 얘기한다. 그러나 법적으로 공서양속에 속하는 것들이 무엇인지 정확한 규칙이나 규정이 없어 특허청의 결과를 놓고 특허심판원과 법원에서 다투는 사례가 종종 있다. 나는 그저 내가 개발한 줄기세포치료제로 많은 난치병과 희소병 환자를 치료해 그들이 존엄한 생명을 지켰으면 하는 바람이다.

무한하고 무한한 일

혈액 수급은 우리나라만의 문제가 아니다. 코로나19 이후에는 혈액이 더 부족해서 세계적인 고민거리가 되었다. 따라서 모든 국가가 인공혈액을 개발하는 데 집중하고 있다. 사람의 혈액과 일치하는 혈액은 아직 만들 수 없지만, '인공 적혈구·혈소판 제제'를 개발하겠다는 것이다.

우리 정부가 인공혈액 생산을 위한 연구개발비를 투자하겠다고 했다. 코로나19가 한창이던 2021년 여름, 홍남기 경제부총리가 혈액이 부족해서 인공혈액을 만들어야 한다고 발표하면서, 백억을 투자하겠다고 했다. 헌혈에만 의존하던 현행 혈액 공급체계는 수급 불균형과 수혈 사고 등 불안 요인이 많아 인공혈액 기술개발에 집중투자 하겠다고 했다. 당시 홍남기 경제부총리는 정부

서울청사에서 혁신성장 BIG3(미래차·시스템반도체·바이오헬스)에 대한 추진회의를 열고 이러한 내용을 논의했다.

2030년에는 수혈이 가능한 인공혈액을 실용화하겠다는 의지를 밝혔는데, 시간과 연구 사례 면에서 실제로 상용화되는 것은 요원해 보인다. 모든 의약품 개발이 그러하듯, 개발에서 임상실험까지의 과정은 돈과 시간과 정책의 실효성으로 결정되기 때문에 누구도 장담하기 어렵다.

미국 국방부 산하 연구기관인 방위고등연구계획국, 다르파(DARPA, Defense Advanced Research Projects Agency)는 현대 과학기술의 첨병이라고 할 수 있다. 천문학적인 국방부 예산을 지원받으며 다르파가 연구 개발한 것 중에는 전자레인지, 헨, 자율주행차, 수술 로봇, 드론, 음성인식기, 탄소섬유 등 셀 수 없을 정도로 많다. 절대 구현 불가능할 것 같은 기술에 손을 대야 하는 것이 프로젝트일 만큼 그들의 연구 성과는 대단히 크다.

그중에서도 다르파가 개발해 상용화된 인공혈액은 시간이 지나 폐기되는 혈액을 분리해낸 것이다. 헤모글로빈이라는 산소를 교환하는 주혈액의 기능만 분리한 것으로 PEG라는 고분자 화합물로 둘러싸여 있으며, 상온에서 서너 달 정도만 쓸 수 있다.

인공혈액을 가장 많이 필요로 하는 곳은 전쟁터다. 미국이 다르파에 큰 예산을 쏟아부은 것도 그러한 이유다. 그러나 오바마가 전쟁 비용이 너무 크다는 이유로 국방 예산을 축소하기 시작하면서 인공혈액 개발은 현저하게 축소된 것으로 알고 있다.

부총리의 발표대로 우리의 인공혈액 연구 개발이 계획대로 추진된다면, 줄기세포로 적혈구를 만드는 일이 우선이다. 혈액의 수혈에 가장 중요한 것이 적혈구 성분이기 때문이다. 그러나 수혈을 할 수 있을 정도의 적혈구를 만들어내려면 큰돈이 들어가고 유효기간이 짧은 문제 등 풀어야 할 숙제가 많다. 나 같은 연구자들이 매달리다 보면 다르파의 개발 못지않은 연구 성과를 낼 수도 있으니 내 연구부터 집중해야 할 것 같다. 연구할 일은 무한하고 연구자가 해야 할 일 역시 무한하기 때문이다.

비대면이 열어준 세상

코로나19가 끝나면서 의료관광의 패턴이 바뀌기 시작했다. 이전에는 주로 성형과 항노화 중심이었는데, 팬데믹이 시작되면서 대면 진료가 어려워지다 보니 의료관광의 패턴이 중증 치료 위주로 바뀌었다. 어떻게 보면 코로나가 비대면이라는 카테고리를 열어준 셈이다.

이전에는 의료관광을 온 뒤 병원에서 첫 진료를 봤는데, 비대면이 활성화되다 보니 자국에서 진료할 수 있는지를 묻는 연락이 늘었다. 그런 경우 우리는 환자에 관한 자료를 받아본 다음에 1차 진료를 한다. 호전 가능성이 있으면 치료하겠다는 의견을 보내는 식이다.

전에는 우리도 에이전트를 통해서 환자를 받았는데, 지금은 우리가 정부 승인을 받고 의료관광 사업을 주도적으로 하게 되었다. 특히 중동 지역에서 의료관광 온 환자들은 자국 내에서 줄기세포치료가 일반화되지 않아 잘 모르는 상태였다. 우리는 줄기세포치료 사례나 경험에 대한 데이터베이스는 많이 가지고 있었지만, 이를 대외적으로 사용하거나 알린 적이 없었다. 그 때문에 치료 효과에 대한 부분은 더더욱 알려진 바가 없어, 중동의 환자들을 상대하려면 신뢰할 수 있는 정보가 필요했다.

마침 호텔경영을 전문으로 하는 한 지인과 인연을 맺게 되었는데, 그분은 국내 유명 호텔과 의료관광을 연결해주는 의료텔 전문 경영인이다. 코로나19 때문에 중국과의 일을 정리하던 차 나와 다시 인연이 닿았는데, 난치병과 희소병을 줄기세포로 치료한다는 얘기를 듣고는 우리 병원을 도와주기로 했다. 외국 환자를 유치하려면, 치료를 위한 실질적인 플랫폼이 잘 갖춰져야만 매끄럽게 돌아갈 수 있기 때문이다.

줄기세포 의료관광은 에이전트를 통하다 보니 치료비가 높을 수밖에 없었다. 치료제를 만들어야 하고 배양하다 보니 연구개발 비용을 빼더라도 고가였다. 아직 의료보험 적용이 안 되고 있어 국내 환자들이 줄기세포치료를 받기 어려운 것도 이러한 문제 때문이다.

중동 국가에서 의료관광이 활발한 까닭은 국비환자라는 점이다. 산유국들은 정부에서 의료비를 지원해주고 있어 의료관광이 발달해 있다. 한 해 60만 명 정도가 해외로 의료관광을 간다고 하는데, 그 비용이 무려 22조 원 정도가 된다고 한다. 이들 중 우리나라에 오는 의료관광객은 불과 1% 수준이고, 그것도 아산병원이나 삼성의료원 같은 대형병원 얘기다. 그들이 주로 찾는 의료관광국가는 미국이나 독일, 일본 등 의료기술과 산업이 잘 발달한 나라들이다.

우리 병원 줄기세포치료가 알려지기 시작한 것도 국내 대형 병원의 한 의사가 2차 소견서를 내주었기 때문이다. 당시 나는 2차 소견서를 가지고 찾아온 난치병 환자를 치료했는데, 만족도가 상당히 높았다. 그 환자가 다른 나라보다 높은 의료 수준과 서비스를 높게 평가해준 덕분에 병원 운영에도 큰 도움이 되었다.

중동의 의료관광객은 우선 대사관을 통해야 한다. 대사관으로부터 환자의 상태와 치료 과정, 효과 같은 사소한 질문들을 보내오면, 의사가 직접 답변해서 보내야 하는 번거로움이 있기도 하지만, 그들은 국가의 지원을 받아 오는 것이기에 당연한 절차였다. 그러다 보니 공공기관인 대사관이 알아서 자국민들의 의료관광에 깊이 관여하는 모양새였고, 우리로서는 훨씬 공적인 믿음을 가지고 환자를 치료하고 홍보할 수 있는 적절한 수단으로 활용할수 있게 된 것이다.

특히 아랍에미리트는 우리나라 의료관광에 공을 들이는 편이다. 그쪽에 국내 병원들이 많이 나가 있다 보니 자연스럽게 우리

의료 수준이 알려지게 되면서 줄기세포치료를 받고 싶다는 요청이 우리 병원으로 들어온다. 한 환자의 난치병이나 희소병의 완치는 본국으로 돌아가 또 다른 환자들에게 희망을 주어 자연스럽게 의료관광으로 이어지기 때문에 1차 치료를 받고 본국으로 돌아간 이후에도 대사관에 레터를 보내 환자가 적극적으로 치료받아야 한다는 것을 어필해야만 한다.

의료관광 시장은 갈수록 활성화될 것이다. 그러나 고가의 치료제와 병원의 신용도, 지명도 같은 해결해야 할 문제도 산적해 있다. 우리나라도 의료관광의 성과에만 매달리지 말고, 기관과 병원, 호텔 등이 서로 협약을 맺어 전문병원으로서의 체계를 구축하고, 이러한 노력들이 지속적으로 이어져 의료 산업에 대한 투자와 발전으로 이어졌으면 하는 바람이다. 다행히 우리 병원은 원주세브란스병원과 협약을 맺어 의료관광의 새 시대를 열어가는 중이다.

의료관광이 팬데믹으로 인한 반짝 상품으로 그치면 곤란하다. 줄기세포치료를 받으러 의료관광을 오기 전까지 비대면 진료를 통해 충분한 과정과 설명을 들을 수 있는 시스템과 플랫폼을 만들어 지속적으로 관리하는 것이 중요하다.

중동의 의료관광은 우리 산업 발전에도 큰 도움이 된다. 치료의 목적이 우선이지만, 부수적으로 따라오는 관광 수입도 가볍게 볼 일이 아니다. 그래서 나는 오늘 주한 카타르 대사관에서 방문하기로 한 대사를 위해서 화려한 꽃바구니를 병원 데스크에 사다 놓았다. 아랍에미리트 아부다비에서도 연락이 왔다니, 이러다 우리 병원이 중동 부자들로 넘쳐나는 것은 아닌지… 그럼 나는 꽃바구니 세는 재미로 살 텐데….

연구는 절대 '쿠폰'으로
가능하지 않다

넷플릭스의 시리즈인 《오징어 게임》이 국제 영화제에서 상을 휩쓸고 출연했던 배우들도 세계인이 주목할 정도로 인기를 끌고 있다. 나도 재밌게 봐서 상 받을 만한 시리즈라고 생각했다. 근데 영화에 출연했던 배우 중 익숙한 얼굴은 몇 명 되지 않았다. 거의 무명에 가까운 배우들이 《오징어 게임》이라는 엄청난 작품을 만들어 사람들의 공감력을 불러온 것 같다.

방송에서 누군가 '일등만 기억하는 더러운 세상'이라고 외치는 것을 본 적 있다. 세상은 주연이 아닌 조연은 기억해주지 않는다. 《오징어 게임》에 나왔던 조연들 역시 그랬다. 주연급 배우들은 방송이나 영화에서 자주 보았지만, 조연이나 단역으로 나왔던 사람들은 대부분 신인배우로 착각하기 쉽다.

그러나 조연이나 단역으로 잠깐 스크린에 비쳤던 배우들의 이력을 보고 놀라지 않을 수 없었다. 그들의 배우 생활 경력이 십년, 아니 이십 년 가까이 되었던 것이다. 어느 날 갑자기 스타가 된 배우도 있지만, 그런 사례는 매우 드물었고 한 계단씩 차곡차곡 경험을 쌓아 스타가 된 배우가 더 많다.

《오징어 게임》에 나왔던 고령의 배우와 어리지만 노련하게 연기해서 큰 매력을 선사한 배우의 이력이 공개되자 세상은 그들의 연기력보다 그들의 무명에 대한 찬사를 더 쏟아냈다. 그들은 스타가 되기 위해 무명 시절을 견디며 여기까지 온 것이 아니라, 무대가 좋고 일이 좋아서 자신에게 주어진 달란트를 지키며 살아왔다고 했다. 그리고 마침내《오징어 게임》이라는 영화로 그 기회를 잡았다. 그냥 잡은 행운과 기회가 아니라 기다림이라는 긴 시간을 쌓았기에 얻을 수 있었을 것이다.

드라마《이상한 변호사 우영우》에서 주인공 우영우 역을 맡은 여자배우 역시 신인인 줄 알았는데, 연기 경력이 20년 넘었다고 했다. 어떤 시청자 눈에는 신인으로 비쳤으니 20년이란 시간을 무명으로 보냈다는 뜻이다. 그녀의 연기는 20년이란 시간이 만들어낸 내공의 힘이었다. 자신의 재능을 쉬지 않고 갈고 닦았기에 우영우라는 캐릭터를 반짝반짝 빛나게 연기했을 것이다.

우리는 눈에 보이지 않거나 만질 수 없는 것들은 쉽게 믿지 않는다. 덜 익었거나 어설픈 것도 외면한다. 미디어의 홍수 속에 살아가는 시청자에게 선택받기란 그만큼 어려운 일이다.

주연이나 1등에 가려진 조연이나 2등을 잘 기억하지 못하는 것이다. 그러나 조연이고 2등이라고 낙심해 자기 일을 쉽게 저버리거나 다른 길을 간다면 행운이나 기회도 멀어진다.

제 일을 열심히 지속해서 하다 보면 기회라는 것은 반드시 오기 마련이다. 기회라는 것은 나를 태우러 오는 버스나 마찬가지다. 버스표를 끊어 손에 쥐고 기다려야 버스가 오면 얼른 올라탈 수 있지, 표도 끊어놓지 않고 딴짓을 한다면 버스가 와도 올라탈 수가 없다.

운으로만 살아가는 사람은 절대 없다는 생각이다. 복권도 자주 사야 당첨 확률이 높듯 무슨 일을 하든지 최선을 다해 살다 보면 어느 순간, 나를 태우러 오는 행운의 버스가 부르릉 소릴 내며 손짓할 것이다.

전공의 시절, "연구는 절대, '쿠폰'으로 가능하지 않아."라는 말을 종종 하고 다녔다. 뭐 하나 쉽게 넘어갈 수 없었던, 닥치고 공부하지 않으면 통과할 수 없는 연구에 매달려 살던 시절이었다.

어렵고 힘들 때마다 내가 선택한 진로와 판단이 옳은 것인가 갈등했지만, 지금 돌이켜보면 그런 시간이 있었기에 지금의 내가 존재한다는 생각이 든다. 의사가 되겠다는 티켓을 끊고 행운의 버스가 오길 기다리며 견뎠기에 원하는 목적지에 도달한 것이지,

쉽게 쓸 수 있는 쿠폰으로 즐거운 생활이나 했더라면 그 시절을 돌아보며 나를 위로하고 그리워하지 못했을지도 모른다. 물론 내게 달려온 그 행운의 버스가 **훌륭한 교수님과 좋은 인연들**이라는 걸 잊지 않는다.

내 손에는 아직 행운의 버스가 오면 탈 수 있는 티켓이 몇 장 더 있다. 그 티켓으로 갈 수 있는 목적지가 어딘지는 아직 공개하고 싶지 않지만, 분명 지금보다 더 풍요롭고 평화로운 곳으로의 여행일 것이다.

병에 지나치게
호들갑 떠는 사회

　감기에만 걸려도 병원을 찾는 사람들이 있다. 감기를 가볍게 생각해서 하는 말이 아니라 가벼운 몸살이나 감기 정도는 굳이 병원에 가지 않더라도 충분히 쉬면 좋아 진다는 뜻이다. 사람마다 통증에 대한 반응이 제각각이라 아픔의 정도를 가늠하기는 쉽지 않겠지만, 자기 몸은 자기가 가장 잘 아는 터라 의사의 도움이 필요한 것인지, 약국의 도움을 받을 것인지 정도는 판단할 수 있다고 본다. 조기 치료 여부에 따라 살 수도 있고 죽을 수도 있는 것이 질병이라 가벼이 생각할 수는 없지만, 그렇다고 조금만 아파도 병원으로 달려가는 것 또한 몸의 저항력과 면역력을 약하게 만들 수 있다.

　감기는 특히 바이러스에 의한 호흡기 감염으로 가장 많이 걸리는 질환이다. 미열이나 두통 인후통 같은 증상을 보이지만, 대개는 특별한 치료를 하지 않아도 증상이 하나둘 사라지면서 낫는다. 몸을 무리하지 않게 하고 잘 먹으면서 쉬면 좋아지기 때문에 무조건 의학적 도움을 받기보다 잠시 증상을 지켜보는 것도 중요하다.

성격이 급한 환자들은 의사가 처방한 약이 제대로 듣지 않을 경우 치료에 의심을 하게 되고, 의사들은 실력 없다는 평가를 받는 웃지 못할 현실을 경험하기도 한다. 한두 번 약을 먹으면 바로 완쾌되거나 호전되어야만 병원에 대한 이미지도 좋아지다 보니 더러는 약물 과다 복용으로 인한 다른 문제를 초래하기도 하는 것이다.

세상 모든 일이 한 방에 풀리고 한 방에 끝나면 좋겠지만, 그 어떤 일도 뜻대로 쉽게 되는 일은 없는 것 같다. 환자를 진료하다 보면 여러 유형의 사람들을 만나게 된다. 심각한 질병에 걸렸음을 알렸는데도 무덤덤하게 받아들이는 사람이 있는가 하면, 당장 죽을병도 아니고 치료만 받으면 멀쩡하게 오래 살 수 있는데도 오만상을 찌푸리며 절망의 나락으로 빠지는 사람도 있다. 의사로서는 당연히 삶의 의지가 강한 사람을 치료하는 데 최선을 다한다. 환자 자신이 살기를 포기하고 악다구니를 쓰는데 의사인들 최선을 다하고 싶을까.

작은 병을 큰 병으로 만드는 것도 자기 자신이고, 죽을병을 이겨내는 것 또한 자신의 살고자 하는 투지라는 걸 수없이 봐왔다. 의학적 치료는 그런 환자의 의지에 투여해야만 효과가 좋다는 사실은 많은 임상에서 이미 밝혀졌고, 그것을 우리는 기적이라고 얘기한다.

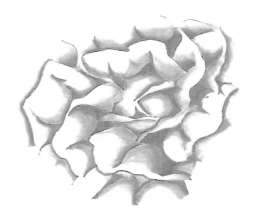

내 그림을 보는 견해는 거의 비슷한 반응이다. "도대체 무엇을 그린 거야?"
이에 대한 나의 반응도 거의 비슷하다. "글쎄, 맞춰봐!"

아름다운 죽음은
없다

중국 고대 역사가인 사마천은 이런 말을 했다. 사람의 죽음 가운데는 아홉 마리 소에서 털 하나를 뽑는 것과 같이 가벼운 죽음이 있는가 하면, 태산보다 훨씬 더 무거운 죽음이 있다고.

그 어떤 죽음도 가볍거나 무겁지 않다. 그것은 그 어떤 죽음에 대해서도 우리가 함부로 말할 수 없다는 뜻이기도 하다. 삶은 불평등하지만 죽음이라는 명제는 평등해서 다행이다. 영원한 생명이 없으니 그나마 인간이 덜 어리석을 수 있고 반성과 후회라는 걸 하면서 살 수 있을 것이다.

말기 암에 걸린 환자들을 인터뷰해서 쓴 엘리자베스 퀴블러 로스Elizabeth Kubler-Ross의 『죽음과 죽어감』이라는 책은 죽음의 5단계에 대해 얘기하는데, 그렇다면 의미 있는 삶을 살려면 어떻게 해야 하나, 라는 질문을 던지는 책이기도 하다.

　말기 암환자들이 보이는 반응과 태도에는 비슷한 공통점이 있다. 의사가 진단 결과를 내리기도 전에 자신이 얼마나 더 살 수 있는 것이냐고 묻는가 하면, 얼마 전까지 멀쩡했는데 왜 갑자기 죽을병에 걸린 것이냐고, 뭔가 잘못된 것 아니냐고 분노한다. 환자의 반응을 어느 정도는 예상하고 있기에 의사는 어느 때보다 침착한 태도를 유지하려 한다. 환자가 몇 달 안에 죽을 수 있어도 의사는 절망이나 포기가 아닌 끝까지 희망과 치료 의지를 주어야만 하는 것이 사명이기 때문이다. 우리가 흔히 말하는 희망 고문을 희망 의지로 바꾸면 두려움이 감소되는 이치와 같은 것이다.

　『죽음과 죽어감』에서 얘기하는 말기암 환자들이 보이는 '죽음의 5단계'에서 첫 번째 반응은 '내가 그럴 리가 없어'다. 주말마다 등산을 다닐 정도로 건강하고 술과 담배를 많이 하는 것도 아니고, 건강검진도 꼬박꼬박 받았는데 말기 암이라니, 그럴 리가 없다고 생각한다. 두 번째는 '왜 하필이면 내가?'다. 나쁜 짓도 안 하고 집안에 유전병이 있는 것도 아닌데, 왜 하필 내가 말기암에 걸린 것인지 믿을 수 없어 한다. 세 번째는 '죽음을 피할 수 없다면, 조금만 유예시켜 달라'라고 하며, 죽음과의 타협을 시도한다. 아직은 죽을 때가 아니니 조금만 더 살게 해달라고 기도한다. 네 번째는 '냉정함과 분노, 흥분 같은 감정이 상실감으로 대체되는 것'이다. 아무리 애를 써도 닥쳐온 죽음을 피할 수 없다는 걸 깨달게 되면서 분노와 좌절, 타협이 상실감으로 바뀐다. 어차피 지는 게임이라는 걸 받아들이는 것이다. 그리고 다섯 번째 '마침내 자신의 죽음을 받아들이고 마음의 평화를 찾으려 노력하는 것'이다.

사실 죽음의 5단계에 이르기까지는 매우 험난한 과정을 거쳐야만 한다. 죽음의 통보를 바로 받아들이고 마음의 평화를 찾는 환자는 거의 없다. 세상을 원망하고 후회하다가 스스로 모든 걸 내려놓고 평화를 찾기까지는 죽음의 5단계 과정이 필요하다. 유예할 수도 떼어낼 수도 없는 죽음이 임박했다는 사실을 인지하게 되면서 환자가 아닌 가장 평화로운 상태의 자연인으로 돌아가는 것 역시 어렵지만, 가장 바람직한 죽음이 아닐까 싶다.

하여 죽음 또한 삶과 마찬가지로 자신과의 싸움이라는 생각이다. 죽음이야말로 삶의 가장 큰 상실이라 이 순간 무엇을 간절하게 원하는지 그 끌림에 굴복하지 말고 살아야 할 것이다.

환자의 마지막 순간을 지켜보고 나면 의사도 상실감에 시달린다. 의학적 한계에 대한 상실감과 치료자로서의 상실감, 그리고 소멸할 수밖에 없는 삶에 대한 상실감으로 깊은 피로감에 빠진다. 좀 더 겸손하게 좀 더 낮은 곳을 바라보며 긍정적으로 살라고 하는 것이 죽음이라는 진실인 모양이다.

사마천이 말한 가볍거나 무거운 죽음의 의미는 죽기 전의 삶을 말하는 것이지 끝난 생에 대한 의미는 아닐 것이다. 그래서 더 잘 살아야 한다는 경고일지도 모른다.

치료보다 이익을
우선하는 사회

퇴근 후 늦은 저녁을 먹고 쉬는 중이었다. 편안한 저녁을 방해하는 전화벨이 울렸다. 전화를 받자 다급한 목소리의 전공의가 얼른 지상파의 한 방송을 보라고 했다. 무슨 일인가 싶어 방송을 보았더니, 뜻밖에도 전에 내가 치료했던 환자가 화면에 나타났다. 위암이었던 그 환자는 우리 병원에서 적극적인 항암 치료로 암이 거의 제거된 상태였고, 스스로 걸어 다닐 수 있을 정도로 호전되어 이후에는 다시 내원하지 않아 잘 회복된 것으로 알고 있었다.

그런데, 방송에 나와 자신은 손목, 발목 빼고 온몸에 암이 전이됐었는데, 채식을 하여 좋아졌다고 말하는 것이었다. 그 환자가 먹고 나았다는 채소들을 유명 사회자와 시청자 앞에 죽 늘어놓고 설명하는 걸 보니 어이가 없었다.

항암 치료 덕에 호전된 환자를 데려다 채식으로 암을 극복하였다고 말하는 것은 시청자는 물론이고 치료한 의사와 의료 행위를 모두 기만하는 일이었다. 아주 많은 환자가 병원 밖에서 증명되지 않은 치료 행위로 목숨을 잃고 있다. 물론 기적이라는 것도 가끔은 일어나지만, 기적에 목숨을 맡기고 의학적 치료를 중단하는 것은 매우 위험한 일이다.

더구나 방송국에서 그와 같은 일이 일어난다는 것은 더 위험한 발상인지라 그냥 두고 볼 수 없었다.

이튿날 그 방송국 뉴스 캐스터로 일하는 지인을 통해 정식으로 문제 삼겠다고 연락을 했다. 지인 역시 방송을 위한 방송이라 과한 면이 있다고 말하면서, 자기를 봐서라도 그냥 넘어가면 안 되겠느냐고 부탁하는 것이었다. 다른 것도 아니고 질병과 관련된 문제를 방송과 시청률 때문에 대충 넘어가거나 가벼이 다루는 것은 의료 행위자로서 용납하기 어려운 일이다. 그럼에도 지인의 간곡한 부탁이 있던 터라 그냥 넘어갈 수밖에 없었는데, 반년가량 지난 후에 그 환자가 갑자기 찾아와 CT 스캔을 찍어 달라고 했다. 이유를 물으니 처음에는 머뭇거리더니 잠시 후 온열치료기 회사에서 찍어 오라고 했다는 것이었다.

당시 온열 요법이 항암 치료에 약간의 가능성이 있다는 연구

결과가 있어 몸을 둘러싸고 찜질하는 장비가 개발되어 있었는데, 그걸 또 환자에게 이용하려는 것이었다.

참 어처구니가 없었다. 환자의 안 좋은 경제 사정을 의료기기 개발업자와 의사들이 이용하고 잘못된 방송을 내보낸다면, 자칫 다른 환자들이 치료의 기회를 놓칠 수 있어 정말 안타깝다는 생각이 들었다. 나도 쉬지 않고 새로운 치료법을 개발하고 임상 시험 중에 있지만, 도를 넘는 비윤리적인 행동을 하는 의사나 의료기기 개발업자들은 없어져야 한다.

내가 상대하는 질병에 대한 기존 치료 방법이 확실하게 존재한다면 줄기세포치료를 하지 않을 것이다. 지금까지 그래왔듯이 앞으로도 나는 치료 방법이 없거나 기존 치료 방법을 다 사용했지만 더 이상 치료의 가능성이 없는 질환들을 대상으로 줄기세포치료에 매진할 것이다.

지금도 당시 방송에 나왔던 그 환자를 생각하면 마음이 좋지 않다. 치료 방법이나 효과를 입증할 때는 반드시 의료윤리와 과학적으로 정당한가를 깊이 생각해야 한다. 그것이 생명의 다루는 사람들이 책임져야 할 윤리라고 믿는다.

두 번 해고당했다

　해고라는 말보다는 다른 표현이 적당할 수도 있다. 그러나 그 말을 그대로 꺼낼 수밖에 없는 것은 내 인생에 있어 그만큼 중요한 일이었고, 시간이었기 때문이다. 살아가는 동안 누구나 뼈아픈 시련의 시간이 있었을 것이고 아프지만 아름다운 기억을 토해내야 할 시기가 있을 것이다. 전공의 시절이 내게 그런 시간이고 기억이다.

　나는 원주세브란스기독병원에서 혈액 종양내과 전공을 하였다. 의사라면 누구나 전공의 시절에는 그랬을 테지만, 나 역시 그 시절엔 한마디로 미친 듯이 공부하고 환자를 진료하였다. 당시에는 서울의 큰 대학병원들과 비교해도 진료 수준이 차이 나지 않을 만큼 전공의들 능력이 훌륭했다. 나 역시 촉망받는 내과 전공의로 논문도 많이 썼다. 환자를 진료하는 데 조금이라도 부족함이 있어서는 안 되었기에 쉬지 않고 공부하고 연구하는 행위를 멈출 수가 없었다.

전공의 3년 차에는 미국 휴스턴에서 열린 미국암연구학회(AACR, American Association of Cancer Research)와 미국임상종양학회(ASCO, American Society of Clinical Oncology)에 참가하기도 했다. 국내 학회만 참석해도 더 열심히 해야겠다는 생각이 들지만, 미국 학회는 전공자로서 더 큰 감동과 부족함을 느끼게 할 정도로 의학적 역량을 엿볼 수 있게 하므로 꼭 그들과 겨룰 수 있는 실력을 키워야겠다는 생각이 들었다.

그러나 3년 차가 끝나고 전문의 시험을 치러야 하는데 공부할 시간이 없었다. 당시 보스에게 "저도 시험공부를 좀 해야 할 것 같습니다."라고 말했다. 그 말인즉 일을 줄이고 공부하는 시간을 더 가져야겠다는 희망 사항을 피력한 것이었다.

보스의 생각은 달랐다. "과거 어느 선배는 시험 전날까지 심장시술을 하고 다음 날 시험을 치러 1등을 했다."라고 말했다. 시험공부도 알아서 하고 일도 계속해야 한다는 주문이었다. 다른 동기들은 저녁에 모여 시험공부를 시작했는데, 나는 업무와 진료가 많아 공부할 틈이 나지 않았다. 천재도 아니고 열심히 해도 어려운 전문의 시험공부를 제대로 못 하고 있다는 불안이 서운함으로 바뀌면서 불빛 희미한 병원 복도를 걷자면 나도 모르게 눈물이

흘렀다.

전문의 시험에 낙방하면 지금까지 노력한 모든 것들이 허무하게 무너질 것만 같아서 마음이 무거웠다. 그렇다고 진료 시스템을 거부하거나 무너트리며 공부할 배짱도 없던 터라, 마지막까지 남아 일하다가 다른 전공의들이 시험공부를 위해 서울로 떠나면 그때부터 미친 듯이 시험공부를 했다.

돌이켜보면 참 어려운 시기였다. 지금 같으면 그 시간을 어떻게 견뎠는지 스스로가 대견스럽기도 하다. 노력은 배신하지 않는다고 다행히 나는 전문의 시험에 붙었다. 전공의 시절 소화기내과도 같이 전공하며 수없이 많은 내시경을 직접 해본 경험과 혈액종양내과를 전공했었기에 무리 없이 시험에 붙을 수 있었다. 공부와 일을 병행하며 보낸 가장 힘들고도 열정 넘치던 시기였다.

그러나 그렇게 군과 3년을 일한 뒤, 제대하면 모교로 돌아가 교수로 일할 생각이었으나 지원서를 내는 것조차 거부당했다. 학교 측에선 서울에 있는 혈액종양내과가 더 활성화되었으니 그런 병원으로 가라는 것이었다. 이해되는 면도 있었으나 갑작스러운 일이라 쉽지 않았다. 서울에 있는 몇 군데의 병원을 알아보았으나 그곳 역시 갑자기 교수를 뽑을 수 없다고 하였다. 제대 후 학교로 돌아갈 생각이었던 나는 틀어진 계획으로 무척이나 난감하고 마음이 무거웠다.

처음부터 아버님 병원으로 들어가 일할 생각은 없었기에 다른

안을 생각하지 않았던 나는 마음을 다잡으며 서울에 있는 수방사 예하 사단에서 군의관 근무를 했다. 그러던 어느 날 아버님에게서 전화가 왔다. 수원에 아주대학병원이 새로 생기는데 혈액종양내과 연구 강사를 모집한다는 것이었다.

그 길로 소개받은 주임교수를 찾아가 그동안 쓴 논문들의 별책을 보여주었다. 주임교수는 내 논문에 큰 관심을 보였고, 이후 채용하겠다는 통보를 받고는 바로 야간에 출근하여 일을 시작했다. 낮에는 군의관으로 근무하고 퇴근하면 병원 연구실에서 시간을 보냈다. 연구자가 체질인 듯 연구실에만 있으면 존재감이 한껏 고양되며 몰입이 잘 되었다. 연구 시설도 좋았고 여러 가지 연구 과제와 임상 과제가 주어지는 천금과 같은 기회를 얻고 보니, 모든 일의 인연이 따로 있다는 생각이 들었다.

재단에서 많은 투자를 한 덕분에 국내에서 가장 좋은 시설과 장비를 갖추고 있었다. 나는 모자이크 조각을 맞추듯이 연구에 매진했다. 그중 새로운 골수이식에 성공하는 것이 가장 중요했다. 특히 여러 가지 암을 대상으로 고용량 항암 치료와 자가 조혈모세포 이식에 관한 세계적인 연구가 진행되고 있었는데, 좋은 장비와 시설을 갖추고도 아직 성공한 사람이 없었다.

나는 매일 조금씩 골수이식 교과서와 논문들을 통해 조각조각을 맞추어나갔다. 줄기세포를 말초 혈액에서 추출하는 논리와 장비의 운용, 그리고 초저온 냉동하는 과정들을 공부하고 준비하였다. 9개월간의 준비를 거쳐 공식적으로 연구 강사로 임용된 나는 1995년 5월, 동시에 두 명을 치료하여 성공하였다. 직접 보고 배울 곳이 없어 무척 힘든 과정이었다. 과 내의 교수 한 명은 실패하면 혈액 내과 학회에서 매장당할 것이라고 했지만, 난 데뷔한 적이 없어 매장당할 일이 없다고 했다. 치료 성공에 대해 모르는 의사들은 미국 어느 학회에 가서 배웠냐고 묻기까지 했다. 내가 해낸 연구 성과라는 점에서 더없이 기쁘고 보람 있었다. 누구도 장담하지 않았고 누구도 기대하지 않았던 연구로 치료까지 성공하였으니 이후에 나는 탄탄대로였다.

그렇다고 생활이 달라진 것은 없었다. 전과 다름없이 평일에는 1시경에 퇴근했고, 토요일은 11시, 일요일은 9시에 퇴근하는 등 하루도 게으름 피우지 않았다. 기초 연구실험들도 직접 했다. 자가 이식과 동종 이식까지 모두 내가 책임지는 위치에서 일하다 보니 내과 부내에서 입원 환자가 가장 많을 정도였다.

전공의들이 힘들어하는 것은 당연했다. 어쩔 수 없이 협박이 아닌 협박까지 써가며 환자 진료와 연구를 강행시킬 수밖에 없었다. 당시 전공의들에게 내가 써서 준 글이 있다.

"조기를 달고 김현수 파트에 오는 전공의들아 너희들이 힘들었거나 바빴다고 하려면 모든 일을 끝내라. 한 가지라도 끝내지 않았다면 의사가 아니라 살인자가 될 수도 있다."

덕분에 내 파트에서 도망가는 전공의가 제일 많았다. 그래서 추적, 설득, 그리고 회유하는 일들이 몇 번 있었다. 그중 한 명이 완전히 그만두게 되자, 나도 비로소 한계에 도달했음을 인지하게 되었다.

성공의 열매는 단 것이 아니라 시작일 뿐이고, 더 큰 열매에 대한 열정을 계속 품게 되는 것이 삶이라는 걸 깨달을 수밖에 없었다. 칭찬과 성공의 무게도 다음을 견딜 수 있는 자만이 누릴 수 있는 모양이다.

잠시라도 현장에서 떠나고 싶었다. 하지만 미국으로 유학 갈 수 있는 시기도 아니었고, 아버님이 뇌졸중으로 쓰러지신 후 병원에도 경영상의 큰 어려움이 닥친 상태였다. 그러다 보니 내 월급으로 집안을 유지해 나가기란 쉽지 않았다. 고민하던 중 겸직 허가를 내고 벤처기업을 만들어 돈을 벌어보려 하였으나 학장님이 겸직 허가를 내주지 않아 사직할 수밖에 없었다.

결국 병원을 나와 회사를 만들게 되었고, 그 두 번의 해고가 내 인생의 큰 전환점을 만든 계기가 되었지만, 그때는 힘들었고 억울하였다.

해고라는 강한 표현을 쓴 것도 그 때문이다. 살면서 한 번도 누군가에게 상처를 주지 않은 사람은 없을 것이다. 나 역시 본의 아니게 그러했을 테니 성숙한 인간이라고 말할 수는 없다. 그러나 한 번쯤은 나의 인연들이 상처받지 않고, 연대하고, 상생하며 살아갈 수 있도록 마음을 열어야 할 때도 있음을 돌이켜 생각해본다.

답답하고 꽉 막힌 기분이 들 때는

옥상에 올라가거나

그럴 시간조차 없을 때는

물끄러미 창밖을 내려다본다.

디딘 적 없는 곳을 거닐며 산책하듯

세상을 내려다보며

잠시나마 방랑의 상태로 나를 놓아두는 것이다.

2장

실패를 배우는 기쁨

— 경영자 이야기 —

악마의 뒤통수는
슬프다

임원진과 회의하다 보면 가끔 나 혼자 배를 이끌고 있다는 생각이 든다. 잔잔한 바다 위에 떠 있을 때는 그런 생각이 들지 않는데, 바다 한가운데서 거친 파도와 폭풍을 만났을 때는 혼자만 죽어라 방향키를 잡은 느낌이다. 폭풍 때문에 한 치 앞을 볼 수 없는 상황인데, 구경꾼만 모여 있는 것 같다. 폭풍을 헤쳐 나갈 방법을 찾으려 이리저리 뛰어다녀도 모자란데, 선장만 쳐다보고 있다면 배가 과연 폭풍을 뚫고 나아갈 수 있을까?

배에 탄 사람들은 같은 운명체다. 가정이든 회사든 같은 운명체에 속하는 순간 모든 걸 함께 풀어나가고 극복해야 한다. 가장이 알아서 할 테지, 사장이 알아서 할 테지, 누군가 알아서 할 테지 하는 것은 이기적이고 개인적인 생각이다. 공연히 먼저 나섰다가 일이 잘못되거나 상황이 더 안 좋아질까 봐, 차라리 모르는 척하는 것이 낫다고 생각하는 순간 책임은 면하겠지만, 아무것도 해결되지 않는다.

모든 문제의 해결은 하고자 하는 의지에서 출발한다. 아무 의지 없이 눈치를 보거나 누군가 해결할 때까지 기다린다면, 어느 조직에서도 살아남기 어렵다. 그런 사람은 실패를 두려워하는 것이 아니라, 일에 대한 사명감이나 책임감에 대한 의지가 없는 것이다. 그런 사람은 배에 함께 있을 이유가 없다. 함께 거친 파도를 헤쳐 나가고 폭풍과 싸워 승리할 열정이 없다면, 구경꾼으로 남아 있지 말고 스스로 배에서 내려야 한다.

얼마 전 임원진 회의에서 불같이 화를 냈다. 대학 시절부터 따라붙은 악마라는 별명이 지금까지 불리고 있다는 사실을 모르지 않지만, 나는 그 별명에 별 불만이 없다. 내 안의 악마는 나를 일깨우기 위함이고 내 일과 회사의 발전을 위한 독한 열정이다. 누군가를 해하거나 나쁘게 할 악마성이라면 지금까지 환자를 치료하고 회사를 정상적으로 운영하지 못했을 것이다.

우리 병원에서 하는 연구와 진료는 대체할 사람을 뽑는 일이 쉽지 않다. 오랜 시간 호흡을 맞춰 연구해야만 성과가 나타나기 때문에 새로운 인원을 쉽게 뽑을 수도 없다. 화를 낸 이유도 그런 고유 영역의 일에 대한 메커니즘을 제대로 이해하고 연구에 몰두

해야 하는데, 조금의 변화와 성과가 보이지 않았기 때문이다.

그러나 회의실을 나오면서 바로 후회했다. 내가 선장 노릇을 잘못하면서 임원들한테만 책임을 물은 것은 아닌가 싶어 나 자신에게 화가 났다. 어떤 일이 있어도 경영자의 품위와 위트를 잃지 말았어야 했는데, 나는 여전히 성숙하지 못한 인간이구나, 하는 부끄러움이 몰려왔다.

감정이 섞인 잔소리는 바람직한 결과를 만들지 못한다. 일에 지나칠 정도로 집착하면 부정적인 결과를 만드는데, 생활의 균형이 틀어졌다는 생각이 들기도 한다. 일이 우선되지 않으면 못 견디는 오랜 습관이 일에 대한 집착을 만들었는지도 모른다.

두려움은 직시하고, 바람은 계산하는 것이 아니라 극복하는 것이라고 했는데, 약해지지 않으려고 나와 직원들을 더 다그치는 것인지도 모른다. 하지만, 한 치 앞을 내다볼 수 없는 불확실한 미래를 대비하고 준비해야 한다는 계획은 여전히 공고하다. 그 계획과 목표를 위해서 나를 달구는 공부 역시 쉬지 말아야 한다고 스스로를 독려한다.

'꿈은 꾸는 것이 아니라 실현하는 것이다'라는 말을 나는 좋아한다. 우리는 꿈을 꾸고 희망에 기대야 오늘의 힘듦을 견딜 수 있다고 말한다. 생각하고 품는 것은 누구나 할 수 있지만, 그 이야기를 현실로 꺼내 실현하는 것은 오롯이 자신의 의지가 만든다.

나는 앞으로도 계속 아름다운 악마로 살아갈 것이다. 떠오르면

꿈을 꾸고, 꿈을 꾸면 반드시 현실의 이야기로 펼칠 것이다. 그것이 나와 회사와 내 환자들을 위한 일이라면 독하게 일할 수밖에 없다.

일이 아닌 것에 이처럼 즐거움을 느낀 적이 있었을까. 그림은 나를 완전히 빠져들게 하고,
온전한 나를 발견하게 한다. 선사시대 암각화 같긴 하지만.

정치적인 인간과
비정치적인 인간의 차이

관시關係 하면 중국 관리들의 부정부패와 관련된 비즈니스를 떠올리기 쉬운데, 말처럼 그리 단순한 의미가 아니라고 한다. 흔히 알고 있는 것처럼 중국 관료와 알고 지내면 비즈니스가 수월하다는 식인데, 그건 우리 식의 생각인 것 같다. 중국에서 비즈니스 할 때 가장 중요한 것은 철저하게 현지 방식으로 모든 걸 해결해야 한다는 것이다. 언어는 물론 현지의 뿌리 깊은 문화가 무엇인지 알게 되면, 그들의 믿음을 사게 되고 결국 그것이 비즈니스로 연결된다는 것이다.

그렇다면, 일본의 비즈니스 정신은 어떤가? 일본 하면 먼저 떠오르는 것이 종합상사. 우리나라도 그 영향을 받아 한때는 무슨무슨 종합상사들이 넘쳐나기도 했다. 오만가지 물건을 세계 시장에 파는 종합상사의 비즈니스 정신은 돈이 있는 곳은 어디든 찾아간다고 했다. 그들의 정보력은 세계에서 가장 뛰어날 정도여서 시베리아에서 얼음을 파는가 하면, 사막에서조차 난로를 팔았다는 얘기가 돌 정도였다.

그들은 절대로 자신을 높이지 않으며 상대방을 존중한다고 한다. 속은 어떨지 모르지만, 영업에 있어서는 예의 바르고 친절하며 매우 계획적이라는 사실이다. 60~70년대 일본의 산업화가 전성기를 맞은 것도 이런 높은 비즈니스 정신이 있었기에 가능했다고 한다. 기업의 오너가 아니라, 영업인들이 회사의 성장을 이끌었다고 했을 만큼, 일본 종합상사 직원들의 투지는 비즈니스의 정석처럼 알려져 있다.

그렇다면, 우리나라의 기업 문화는 어떨까? 우리는 예부터 정문화로 통한다. 학연, 지연, 혈연 같은 인연이 있으면, 비즈니스하기 좋은 나라다. 팔이 안으로 굽는다는 말도 그래서 나온 것이다. 또, 우리의 근성인 부지런함과 명석함을 토대로 산업화를 이루었고 지금은 세계화까지 달성했다. 하지만 모든 성공 뒤에는 씁쓸한 부패도 따르는 법이다.

서두가 길어진 것은 나의 정치적이지 못한 성향을 얘기하고 싶어서다. 사실 정치적이고 비정치적이라는 말조차 나는 별로다. 정치와 기업을 떼놓고 설명할 수 없다는 것을 알면서도 정치적인 인간이 못 되는 것은 별나게 정의로워서가 아니라 성향 탓이다. 세상 돌아가는 이치를 알면서도 쿨하게 인정하고 정치적으로 행동하면 당연히 쉽게 갈 수 있는 방법이 있는데, 나는 힘든 길을 돌아서 가거나 개척자인 양 행동할 때가 많다.

인간적으로는 누구하고도 인연을 맺을 수 있지만, 이해관계가 끼어들면 밥을 먹고 술을 마셔도 소화불량에 걸린 듯하다. 어려운 일을 해결해주는 데 큰 도움을 주었다면 감사의 표시를 하는 것이 당연하다. 아무리 공직에 있다고 해도 자신의 업무 역량에서 벗어날 정도의 일을 해주었다면 설사 그가 거절해도 밥 한번 먹을 수 있는 일이다. 그러나 담당자라는 이유만으로 대가를 바라거나 공치사를 하는 것은 정당하지 못하다는 생각이다. 더구나 기업이 어려움에 빠져 있을 때 그러한 상황에 부닥치면, 경영자는 정말이지 죽을 맛이다. 회사를 살리느냐 도움 받지 않고 버티느냐 갈림길에 선다면, 누구라도 고민하지 않을 수 없을 것이다.

물론 청렴결백한 공직자들이 더 많다는 것을 잘 안다. 미꾸라지 한 마리 때문에 모두를 왜곡한다는 것은 잘못된 생각이다. 사람이 하는 일이니, 사람이 풀어야 한다는 것도 알지만, 그래도 가끔은 지나칠 정도로 뻔뻔하게 행동하는 인사들을 보면 모멸감과 회의감이 느껴진다.

나를 아는 지인들은 그리 순진해서 무슨 기업을 운영하느냐고도 한다. 그러나 비즈니스도 그렇고 정치적인 인간도 그렇고 서

옥 상 위 의 칸 트

로에 대한 믿음과 정, 그리고 일에 대한 열정이 있다면, 해장국 한 그릇에 소주 한잔을 마시면서도 기분 좋은 비즈니스를 할 수 있다는 생각이다.

소크라테스가 악법도 법이라고 했는데, 내가 너무 빡빡하게 사는 것은 아닌가 싶기도 하다.

씁쓸한 최선의 선택

　얼마 전에 이사 한 명에게 공부를 하라고 안식월을 제안했다. 갑작스러운 안식월 제안에 이사는 크게 당황하는 눈치였다. 직원들한테는 그의 부재를 말 그대로 과중한 업무 후에 받은 안식월로 공표했지만, 손바닥으로 하늘을 가릴 수 없는 법, 회사 분위기는 이미 터질 것이 터졌다는 눈치였다.

　경영자라고 해도 인사권을 막 휘두를 수 있는 것은 아니다. 정당한 사유가 있어야 하고 인사위원회를 열어 결정해야 하는 일이다. 아무리 권력자라고 해도 함부로 인사권을 쓸 수 있는 세상이 아니다. 간부든 직원이든 타당한 사유가 있지 않고는 가벼운 경고도 조심해야 한다.

　직원들의 업무 능력은 내부에서만 보이는 것이 아니라 외부에서 더 쉽게 노출된다. 담당 공무원이나 거래처 같은 외부 사람들로부터 먼저 불만의 소리가 나오면 모른 체할 수 없다. 기업의 이미지까지 흐려지고, 그로 인하여 일 처리가 반려되거나 늦어질 수 있어 예민하게 판단하지 않을 수 없다. 다행히 그는 내 뜻을 나쁘게 받아들이지 않았다.

오랜 시간 함께 해온 임원을 퇴사시킨다는 것은 매우 힘든 결정이다. 나 역시 마음이 편치 않아 한동안 속앓이를 했다. 나로서는 그가 다른 회사에 들어가 좋은 대우를 받기를 바라는 마음에서 해고가 아닌 안식월이라는 방법을 생각해 그에게 시간을 벌어주고자 했다. 하지만 아무리 그랬어도 본인은 몸담았던 회사에서 배신당한 기분이었을 것이다.

의사로서는 별로 후회할 것이 없는데, 경영자로 살면서 한 일들은 후회가 많다. 경영은 돈을 목적으로 기업을 운영하지만, 그 이면에는 결국 사람을 상대해야 하는 일이다. 생각해보면 난 사람 관리를 잘못하는 것 같다. 사람을 지나치게 믿었거나 너무 냉정하게 판단했거나 너무 감정적으로 처리한 일들의 연속이었다. 어떤 결정을 내려도 즐겁지 않았던 것은 좋은 결정이든 나쁜 결정이든 인연의 문제는 항상 마음을 힘들게 하기 때문이다.

인사 문제로 마음이 시끄러운 날은 혼자라도 소주 한잔 털어넣지 않고는 쉽게 잠들지 못한다. 무엇이 나를 괴롭히는 것인지 또렷하지는 않지만, 한 인연이 떠났거나 끝남을 예고하는 순간 나는 경영자도 동지도 아닌 인연 하나를 잃었다는 자괴감에 며칠 시달린다. 자의든 타의든 인간적으로만 볼 수 없는 사회적 관계들로부터 상처받지 않고 쿨하게 또는 아름다운 마무리를 할 수만 있다면, 매번 소주 맛이 그렇게 쓰지는 않을 것이다.

불교에서는 모든 것이 인연으로부터 시작되었으니 인연이 다하면 멸한다고 한다. 또 이것이 있으면 그것이 있고, 이것이 없으면 그것도 없다고 한다. 내가 없으면 당신도 없고 당신이 없으면 나도 없다는, 인연법을 떠올리며 마시는 소주가 내일은 쓰지 않고 달게 느껴지길 기대해본다.

개인주의
비즈니스 마인드

자주 가는 밥집이 있듯 자주 가는 술집도 있기 마련이다. 밥과 술을 한곳에서 해결하기도 하지만, 접대 개념의 비즈니스를 염두에 둔다면 대부분 밥을 먹은 다음 술집으로 이동한다. 물론 밥을 먹으면서 반주를 하고 2차로 술집으로 갈 때는 적당히 취한 상태로 가는 일이 흔하다. 밥과 술을 함께 들다 보면 취기든 아니든 마음이 열려 친밀감을 느끼는 것은 사실이다. 밥 먹을 때는 어색했던 분위기도 술이 돌면 관계에 기름칠이라도 한 듯 자연스럽게 입이 열리고 농담이 오간다. 그러니까 비즈니스를 위한 최종 목적지는 함께 밥과 술을 들어야 하는 것이라고 해도 과언이 아니다.

나는 주로 친구들 아니면 오래된 연인들과 가볍게 술 마시는 걸 좋아한다. 접대를 위한 접대는 맘이 편치 않은 탓인지 술맛도 밥맛도 느낄 수가 없다. 꼭 필요한 접대는 기꺼이 자리를 만들지만, 의례적인 행사처럼 치러야 하는 술자리는 나도 모르게 경계심이 생긴다. 일로 만났지만, 마음이 통하면 친구 이상으로 잘 지낼 수 있고 좋은 인연으로 남을 수 있다.

나는 밥집은 옮겨 다녀도 술집은 정해진 곳만 간다. 밥은 멀쩡한 정신으로 먹어 별 탈이 없지만, 술은 언제 정신이 흐트러질지 모르기 때문에 믿음과 신뢰가 없는 곳이면 곤란한 일이 생길 수도 있다.

지금은 별로 없지만, 전에는 룸살롱이란 이름을 내걸고 술을 파는 곳이 인기가 많았다. 한마디로 비밀 요정 같은 곳으로 술값이 비싸다 보니 주머니가 두둑하거나 사회적 위치가 있어 남들 눈치 안 보고 술 마실 수 있는 곳이 필요한 사람들이 주로 찾았다. 그러다 보니 술집의 고급화 전략도 경쟁이 심해졌고, 드나드는 인사들이 문제가 생길 때마다 술집도 함께 세인들의 관심을 받기도 했다.

술집의 고급화는 이른바 '주인 마담'이 얼마나 지성과 미모를 갖추었는지, 술은 가격대로 정직하게 파는지, 실내 분위기는 좋은지에 따라 천차만별이다. 어느 술집은 술값을 제 가격보다 열 배는 더 받는 경우가 있고 그야말로 멀건 위스키를 내놓는 술집도 있었다. 술은 정직한데, 주인 마담의 교양이 영 아니라면, 당연히 술맛이 좋을 리 없다. 분위기 또한 지나치게 밝아도 산만하

ⓣ 옥상 위의 칸트

고 너무 어두워도 불편해서 술집의 조도는 중요하다. 비즈니스 마인드를 가지고 운영해야 비즈니스를 위해 찾아오는 손님들을 단골로 만들 수 있는 것이다.

조용히 술 마시러 갔다가 싸구려 양주를 고가의 양주로 둔갑시켜 파는 바람에 바가지를 썼고, 자신은 한두 잔 밖에 먹지 않았는데 양주병에 구멍이 난 것인지 금세 없어졌고, 팁을 과하게 요구해서 싸움했다는 둥 술집을 두고 별별 이야기가 많은 것은, 무조건 매상만 올리겠다는 근시안적인 목적을 달성하려 한 마담의 행패 때문이다. 당시 심심치 않게 오르내렸던 룸살롱의 하루 술값이 몇 백에서 몇 천만 원이라는 사실이 알려지자, 나도 당했다는 웃지 못할 고백을 하는 사람들이 많았다.

내가 단골로 다녔던 술집은 모든 게 편안한 느낌이었다. 마담도 정직하고 직원들도 과하지 않은 서비스를 해주어 조용히 술을 마시며 이야기 나누기 좋은 곳이었다. 술 취해서 몸을 가누지 못하면 택시를 불러 안전하게 귀가시켜주었고, 술값도 항상 예상에서 벗어나지 않았다.

손님들이 나누는 얘기는 귀담아듣지 않고 손님과 나누는 대화는 상대의 눈높이에 맞는 수준을 유지해야 믿음을 유지할 수 있다. 단골이 된다는 것은 한 가지 측면만 가지고 되는 것이 아니라 여러 가지 조건이 충족되어야 가능한 일이다.

특히 비즈니스 하는 사람들에게 단골 술집은 제2의 영업장이라고 할 만큼 중요한 장소다. 접대 문화에 익숙한 사람들에게 어떤 접대를 해주느냐는 사업의 성패와도 연결된다. 부정적인 측면이 많은 부분도 있지만, 밥과 술 문화가 만든 우리의 정서적 교감을 당장 바꾸기는 어려울 것이다. 요즘 젊은 친구들은 애당초 그러한 문화에 대한 거부감을 가지고 있어 회식 문화가 많이 사라졌다. 그렇다고 개인주의와 자유로운 사고로 변화하는 시대 문화를 부정할 수도 없는 노릇이다. 밥 한번 먹자고 했더니 단칼에 거절하는 젊은 친구들도 많다. 회식보다 개인 생활을 더 중요시하는 그들을 조직 문화에 적합하지 않은 사람이라고 평가할 수만은 없는 것이 업무 시간 외의 시간까지 회사가 관리할 수는 없기 때문이다.

그와는 반대로 회사에 지나칠 정도로 의지하는 사람들도 있다. 회사의 법인 카드를 제 카드인 양 개인적인 일에 쓰고 다녀 문제를 만들기도 한다. 한마디로 셀프 접대를 하고 다녀서 회사에 손해를 끼치는 경우로 회사보다 개인의 사생활 충족이 먼저인 사람들이다. 회사는 적자가 나든 말든 상관이 없고, 자신의 위세와 허세를 채우기 급급하다. 솔직히 그런 사람들은 회사에 오래 남아 있지 않다. 일하는 즐거움보다 먹고 노는 즐거움이 큰데 어떻게 버틸 수 있겠는가. 더구나 나처럼 악마 같은 경영자가 딱 버티고 있는데 말이다.

그래도 가끔은 그 시절이 그립다. 직원들과 또는 친구들과 술 한잔을 하면서 밤늦도록 세상 돌아가는 이야기를 하던, 그 시절의 나는 젊었고 삶에 대한 열정으로 가득했었다. 나이가 든다는 것은 아무리 즐거운 일이라도 체력이 받쳐주질 않아 오래 버티지 못한다는 것이다. 일찍 자고 일찍 일어나야 해서 이제는 밤 문화가 아니라 새벽 문화를 개발해야 할 것 같다.

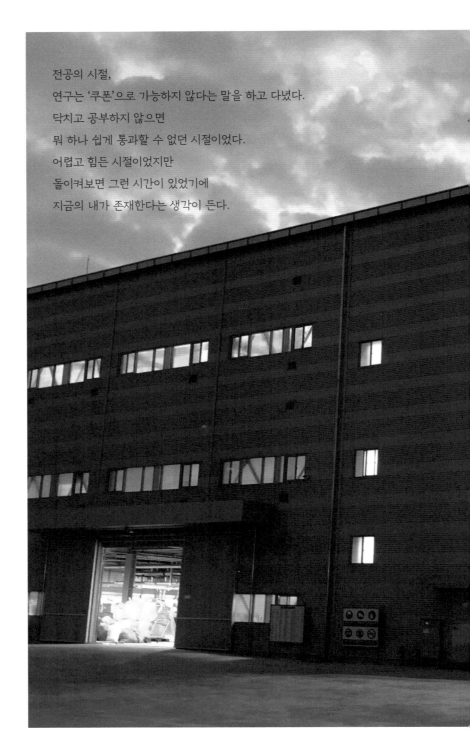

전공의 시절,
연구는 '쿠폰'으로 가능하지 않다는 말을 하고 다녔다.
닥치고 공부하지 않으면
뭐 하나 쉽게 통과할 수 없던 시절이었다.
어렵고 힘든 시절이었지만
돌이켜보면 그런 시간이 있었기에
지금의 내가 존재한다는 생각이 든다.

직설화법과 간접화법

소크라테스식 대화법은 상대에게 질문을 던져 자신의 무지를 스스로 깨닫게 하는 것으로 유명하다. 이런 식의 문답법을 '산파술'이라고도 하는데, 상대가 무지를 깨닫게 도와준다는 의미다. 소크라테스의 격언 중 가장 널리 알려진 '너 자신을 알라'도 산파술식 대화법에서 나온 것이다.

당신의 문제가 무엇인지 콕 집어서 설명해주기보다 자신의 문제를 스스로 깨닫도록 해주는 것이 소크라테스식 대화법이라면, 나는 그와 정반대의 대화법을 구사한다. 구체적으로 설명하기보다 직설적으로 묻거나 짧게 대답한다. 나에 대해 익숙하지 못한 상대는 친절하지 못한 대화법에 당황하거나 대화를 거부하며 자리를 박차고 나가기도 한다.

ⓧ 옥상 위의 칸트

문제점을 지적할 때도 에둘러 말하거나 은유적으로 말해야 하는데, 직설적으로 말해서 모멸감을 주는 식이다. 친한 사람들은 이런 나더러 왜 속은 안 그러면서 겉으로는 그리 세게 얘기하는 것이냐고 걱정한다. 나도 문제가 많다는 걸 인지하고 있는데, 그게 말처럼 쉽게 변하지 않는다.

독일의 철학자 니체도 독설가로 유명하다. 그는 전쟁을 옹호하는 제국주의자로 강자 편에서 항상 약자를 조롱하기 일쑤였다.

"인간에게 가장 위험한 것은 병자이다. 악인이나 '맹수'가 아니다. 처음부터 실패자와 패배자, 어리석은 자, 나약한 자들이다. 가장 약한 자인 이들은 대부분 삶의 토대를 흔들거나 허물어버려 자신에 대한 신뢰가 없다. 그런 자들은 스스로 가장 위험한 독을 타서 다른 사람들을 위험하게 만드는 재주가 있다."

니체를 좋아하지만, 그의 독설까지 좋아하는 것은 아니다. 강자 편에서 약자를 조롱하기로 유명한 독설가를 옹호한다면 내 직설화법 역시 오해받을 여지가 충분할 것이다. 힘과 권력을 가진 자들이 쓰는 화법은 그래서 매우 위험하고 선동을 부를 수 있어 조심해야 한다. 추종자들에게는 화합의 선전 구호가 될 수 있지만, 정치적 수단이나 왜곡된 사상으로 비칠 때, 사회는 혼란의 도탄에 빠지기 쉬운 것이 독설의 웅변이다.

그렇다고 내 독설을 긍정적으로 평가하고 싶은 생각은 없다. 같은 얘길 하더라도 재밌게 포장하여 진실의 칼이 상대를 찌르지 않도록 대화한다면, 누구도 상처받지 않고 좋은 관계를 유지할 수 있을 것이다.

아이들을 다루는 소아과 의사의 경우를 예로 들어보자. 어떤 의사는 아이들이 보는 순간 경계하거나 울음을 터트리는데, 어떤 의사는 똑같은 주사를 놓거나 처치하는데도 아이가 두려워하지 않고 친밀감을 보인다는 것이다. 그것은 아이를 대하는 의사의 행동과 말 때문이라고 한다. 치료의 목적은 같지만, 환자를 대하는 의사의 태도와 방법을 어떻게 하는가에 따라 큰 차이를 보인다고 한다. 사람과 사람 사이에 흐르는 감정이라는 물길은 대화로 인해 평화롭게 흐르거나 거칠게 출렁인다는 사실이다.

화법도 상황에 따라 다르기에 이렇다 할 정의를 내리기는 어렵다. 상황을 질질 끌지 않고 깔끔하게 정리할 필요가 있을 때는 직설화법이 필요하고, 유연하고 능동적인 자세로 풀어나가야 할 경우는 간접화법을 쓰는 것이 바람직하다.

상대에게 모멸감을 주었다면, 아무리 좋은 뜻으로 말했다고 하더라도 잘못 말한 것일 것이다. 언어는 그 사람의 상식과 교양 수준을 나타내고, 대화는 사회적 인간으로서의 수준을 나타낸다고 하니, 아무도 상처받지 않고 진실을 말할 수 있는 대화법을 연구하고 노력해야 할 것 같다. 대통령조차 상식적이지 못한 언행들로 지지율이 추락하고 있는 걸 보면서 깨달았다.

"나도 지지율 더 떨어지기 전에 직설화법은 조심하자…."

ⓐ 옥상 위의 칸트

기업의 미래

사업가는 되도록 정치와 멀어져야 한다는 생각이다. 전부터 다수의 기업인이 정치에 참여했다가 기업까지 위기에 처하는 걸 보았다. 정치에 뜻을 둘 때는 기업하기 좋은 나라를 만들기 위함도 있었을 텐데, 대부분은 막대한 자금을 쓰고도 정치적 뜻을 이루지 못했다. 정경유착이라는 말이 있을 만큼 기업과 정치권은 뗄 수 없는 관계다. 부정적인 연결고리를 의미하는 것은 정치인과 기업가 사이에 이루어지는 부도덕한 관계 때문이다. 정치인은 당연히 정치자금이 필요하고 기업가는 그들의 돈줄이 되어 각종 특혜와 부당 이익을 얻는 것이다.

국내 유수의 기업들 총수가 정경유착의 비리로 구속되는 것도 그런 형태의 이권 싸움에서 비롯되었다. 사실 기업인들에게 정치권의 특혜는 달콤하기 짝이 없는 유혹일 수 있다. 힘든 과정을 거치지 않고도 기업이 성장할 수 있는 지름길이 있으니 그 유혹을 뿌리치기는 어렵다.

의약품과 연구가 목적인 우리 회사 같은 경우는 정치와 손잡을 정도로 큰 영향을 받지는 않지만, 관계 부처 공무원들과는 손을 잡아야 한다. 손을 잡는다는 것이 정치판처럼 특혜나 부당 이익을 얻기 위함은 아니다. 우리의 노력이 손바닥 뒤집듯 뒤집히는 정책 때문에 헛수고가 되지 않도록, 정책이 일관되기를 바라는 것뿐이다. 그 이유는 시간과 공을 들여 연구하고 임상한 제품을 가지고 갔는데, 담당 부처에서는 정책이 바뀌고 제도가 바뀌었다고 기업의 노력을 물거품 만들어버리는 일이 종종 있기 때문이다. 이 법과 정책은 국민을 위해 좋은 쪽으로 변하고 바뀌는 것이 당연할 것인데, 담당 부서만 믿고 일을 추진했던 기업들은 부처의 예측하지 못한 법과 제도 때문에 막대한 손해를 보는 경우가 허다하다.

아무리 당시에 제시했던 문서와 샘플을 제시해도 그때는 그때고 지금은 지금이라는 식으로 대응한다면 담당 부서를 믿고 어떻게 새로운 일을 추진해 나가겠는가. 기업의 1년 예산은 십 년을 준비하기 위해서 쓰인다. 그 1년이 예측하지 못하고 펼친 정책으로 인해 물거품이 된다는 것은 국가적으론 세금 낭비요, 기업에는 십 년이라는 미래가 날아가는 것이다. 연구에 참여했던 연구자들 처지에서는 밤낮을 가리지 않고 일한 보람이 사라질 것이다.

담당 부처의 일관된 정책은 기업 성장에 큰 희망이 된다. 시간과 돈이 들어도 예측된 미래가 있으면 어려움을 극복하는 힘이 생기지만, 불확실한 미래를 바라보며 돈과 시간을 투자한다면 금방 한계에 부딪힐 것이 뻔하다.

기업은 예측할 수 있는 미래를 위해 철저하게 준비해야 한다. 이를 뒷받침해주는 것이 정부 정책이고 담당 부처의 일관된 행정이다. 세계 경제의 변화를 기업인만 인지하고 변화할 것이 아니라 국가 경제의 성장이라는 목표를 가지고 함께 발맞춰 나가야 한다. 정경유착이 아니라 정경상생政經相生의 길로 말이다.

개인의 자유와 권리가
우선인 시대

　현대 경영학의 창시자라고 평가받는 미국의 경영학자 피터 드러커는 경영자의 역할에 대해 이렇게 말했다.

> "경영자는 모든 종류의 조직에 활력을 불어넣는 생명력의 원천이다. 경영자의 리더십이 없다면 모든 생산 요소는 단지 자원 그 자체로서만 머물러 결코 생산물이 될 수 없다."
> _피터 드러커,『경영의 실제』

　그러나 피터 드러커가 말한 기업에 생명을 불어넣는 경영자의 시대는 그야말로 한물간 얘기다. 경영자의 역할로는 할 수 있는 일보다 할 수 없는 일들이 더 많아진 시대가 된 것이다. 세계적인 기업이 되고자 경영이념을 펼치던 과거에는 경영자의 리더십이 중요했지만, 디지털시대를 맞은 지금은 모든 것을 스마트 기기를 통해 해결하고, 경영자의 철학이나 가치보다 개인의 자유와 권리를 보장받아야 한다.

기업의 변수는 그것만이 아니다. 정권이 바뀔 때마다 바뀌는 정책과 규제가 만드는 리스크와 크고 작은 국가 간의 분쟁과 전쟁도 문제다. 사회 변화에 따른 각기 다른 성격의 사회단체들의 요구 또한 기업과 경영자를 자유롭게 하지 않는다. 앞으로는 사회 정의까지 실천해야 하는 사회적 부담까지 경영자가 가져야 하는데도, 피터 드러커식 경영자의 역할을 거론하는 것은 모순적이게도 그 모든 변화의 근간에 사람이라는 인적 자원이 있기 때문이다.

그의 책들은 2000년대 전부터 우리나라에 번역되어 나오기 시작했다. 많은 기업인과 경제인들이 필독서처럼 읽어 나도 그쯤에 그의 책을 읽었다가 이번에 다시 꺼내 보게 되었다.

오스트리아 빈 출생인 그는 빈 김나지움을 졸업하고 독일 함부르크 대학 법학부를 거쳐 프랑크푸르트 대학에서 신문기자로 일하기도 했다. 이후 런던과 미국에서 경제전문가로 일하며 『경제인의 종말』, 『미래의 조직』, 『자본주의 이후의 사회』, 『21세기 지식 경험』 등 다수의 책을 집필해 세계적인 경제학자로 유명세를 떨치다 2005년 사망했다.

경제학의 고전처럼 회자되는 인물이지만, 시대가 변해도 변하지 않는 가치들이 있기 마련이다. 그가 말한 경영자의 리더십이 생산물을 만들어 낸다는 말은 여전히 유효하다고 본다. 선장과도 같은 경영자가 제 역할을 하지 못하면 배는 바다 위에서 순항할 수 없고 선원들은 사분오열에 휘말리게 될 것이다.

예전보다 기업하기 어렵다는 말은 반대로 기업하기 좋다는 말로도 바꿀 수 있다. 경영자의 리더십만 필요한 것이 아니라 소비자와 이를 연결해주는 디지털 혁명 이용이 훨씬 더 많은 것들을 요구하기 때문이다. 시대적 변화에 적응하지 못하면서 리더십만 강조하면 뒤떨어진 생각이다. 개인의 권리와 자유를 무엇보다 중요시하는 시대에 경영자는 자신의 철학을 내세우기보다 세상이 원하는 것들을 보장해주며 한발 앞선 미래를 보여주는 것이 경영자의 역할이다. 회사의 성장과 발전은 모두 직원들 덕분임을 인정해야 하고, 문제가 생기거나 어려움에 부닥쳤을 경우는 경영자의 책임이라는 걸 염두에 두고 반성해야 한다.

나는 회사를 처음 시작할 때 5억 원을 가지고 시작했다. 지인한테 빌리고 병원 퇴직금을 합쳐서 만든 돈으로 수원의 작은 상가에 회사를 차렸다. 유세포 분석기도 들여놓아야 하는데 돈이 충분하지 않았다. 2002년 당시 유세포 분석기 한 대 가격이 1억 원일 정도로 고가의 장비라 큰 병원이 아니고서는 들여놓지 못했다. 하지만 꼭 필요한 장비였기에 대출을 받아서라도 들여놓고 싶었다.

돈을 빌리러 은행을 알아봤다. 신생 회사에 돈 빌려줄 은행은 그리 많지 않았다. 돌아다닌 끝에 무담보 대출로 1억을 빌렸다. 학교에 오래 있었던 경력이 신용평가에 반영되었던 것 같다. 아무튼 운이 좋아 돈을 빌릴 수 있었고 유세포 분석기도 구입할 수 있었다. 이 장비는 부속이 없어서 더 이상 고치지 못할 때까지 오래도록 쓰면서 줄기세포치료제 개발에 몰두했다.

그러나 빌린 돈은 3년 만에 떨어졌고, 다시 빌려야 하는 처지에 놓였다. 이번엔 벤처인증과 기술 인증을 담보해주는 기술신용보증기금을 얻으러 갔다. 문제는 기술신용보증기금에 낼 서류를 준비하는 것이었다. 기금신청서가 꽤 까다롭고 복잡해서 서류를 준비해주는 브로커들이 있었는데, 몇 백만 원의 수수료를 요구했다. 그 돈까지 들일 수 없었던 나는 며칠 동안 끙끙거리며 서류를 만들어 제출했다. 서류 심사 후 심사위원이 현장으로 나왔는데, 예상보다 까다롭게 하지 않아서 안심되었다.

당시 심사위원들은 서류를 브로커한테 맡기지 않고 직접 작성한 것에 대해 높이 평가했다. 힘들고 귀찮아 직접 하지 않고 남한테 맡겼다면, 기금의 중요성도 덜 인지했을 것이고, 7억이라는 큰돈을 빌리지 못했을 수도 있다. 무슨 일이든 최선과 마음을 다하면 통하는 모양이다.

문제는 큰돈을 싼 이자로 빌리긴 했는데, 만약 원금을 상환하지 못하면 상속이 된다는 거였다. 그 소릴 들으니 정신이 번쩍 났다. 어떻게든 회사를 성공시키지 못하면 직원들한테 월급도 못 줄뿐더러 자식한테까지 빚이 상속될 상황이었다.

성공하지 않으면 안 된다는 압박감과 스트레스가 목을 조였지만, 해낼 수 있다는 확신은 흔들리지 않았다. 그렇게 연구실에서 보낸 시간이 쌓이다 보니 적자가 조금씩 흑자로 전환되기 시작하면서 회사는 모양을 갖추기 시작했다. 그때 만일 힘들다고 회사를 포기했다면 빚은 빚대로 남았을 것이고 함께 일하던 동료와 직원들도 뿔뿔이 흩어졌을 것이다. 줄기세포치료제를 개발하여 파미셀이라는 기업을 성장시키기까지 나는 경영자로의 가치만 외치지 않았다. 발로 뛰어다니며 돈을 구하고 제품을 만들고 영업하며 한순간도 게으름을 피우지 않았다.

모든 게 운으로만 되지 않는다는 걸 경험으로 알았기에 노력할 수밖에 없었다. 피터 드러커의 말이 여전히 울림을 주는 것은 경영자의 리더십도 현장에서 제품으로 생산되지 못하면 아무 쓸모 없다는 사실 때문이다. 기업은 경영자의 철학으로 성장하는 것이 아니라 그 철학이 생산과 소비에 발맞춰 돌아갈 때 발전한다. 돌이켜보면 사업 자금을 구하느라 정신없이 뛰어다니고 치료제를 개발하느라 연구실에서 밤을 지새우던 그 시절이 그립다.

인생의 빛은 가만히 앉아 즐기는 것보다 숨차게 뛰어다닐 때가 더 반짝거린다. 경영자의 잔소리로 굴러가는 기업보다 경영자의 뜀박질 소리가 철학을 만드는 그런 회사가 살아남는다.

ⓣ 옥상 위의 칸트

무엇을 팔 것인가?

　누군가 우스갯소리로 한 농담일 테지만, '퇴직하면 치킨집이나 하지'라고 말하는 사람이 많았다. 치킨이 '국민 간식'이 될 정도로 인기가 있자 프랜차이즈부터 동네 브랜드까지 기하급수적으로 치킨집이 늘어났다. 지금은 배달료가 추가되고 치킨 가격도 만만찮게 비싸지다 보니 치킨집도 전 같지 않은 것 같다. 고급화되고 차별화한 치킨들이 줄줄이 출시되지만, 가격이 부담스러울 정도로 오르다 보니 국민 간식이라는 말이 이제는 무색할 지경이다.

　2022년 통계청 발표에 의하면 우리나라 자영업자 수가 560만이 넘는다고 한다. OECD 기준 5위에 속한다고 하는 걸 보면, 엄청난 숫자다. 오죽하면 자영업자를 살리려고 대형 마트의 영업규제라는 방법까지 쓰고 있을까. 인구의 도시 집중이 가져온 결과

일 수도 있지만, 적은 자본으로 쉽게 할 수 있는 것이 자영업이라 위험을 감수하고 뛰어드는 경향도 있다.

자영업자의 위험 변수가 큰 것은 사회와 환경의 변화를 직격으로 받기 때문이다. 임대료와 금리가 조금만 올라도 감당하기 어려워지고 팬데믹이나 예측할 수 없는 환경문제도 자영업자에게는 큰 복병이 된다.

완벽하게 계획을 세우고 사업해도 망하는 것은 순간인데, 구체적인 비전 없이 시작한다면 실패의 시간이 저절로 앞당겨질 것이다. 그래서 가끔 사업하겠다고 찾아와 조언을 구하는 사람들에게 나는 대뜸 "어떻게 팔 것인데?"라고 꼭 물어본다. 그중에는 가까운 의사나 교수들도 있다. 일을 하다가 기가 막힌 콘텐츠를 발견했다며 창업하겠다고 나서는 그들에게도 "뭘 팔 건데? 어떻게 팔 건데?"라고 꼭 묻는다.

창업하겠다는 사람 대부분 팔 물건에만 빠져 판로에 대한 문제는 나중으로 생각한다. 물건만 좋으면 가만히 있어도 구매자가 찾아올 줄 착각하는 것이다. 의약품을 팔겠다고 신이 나서 말하는 의사도 식약처 규정이나 제품의 유효기간은 생각지 못하고 세상에 없던 물건이니 난리가 나겠지 하며 기대에만 부푼다.

혹독한 과정을 거쳐 오늘에 이른 나로서는 내 지인들이 어설프게 창업에 뛰어들어 고통당하는 꼴을 보고 싶지 않아 냉정하게 말해주는데, 충고가 아니라 응원을 듣고 싶었던 사람은 무척 서

옥상 위의 칸트

운하게 생각한다. 작든 크든 자신의 사업을 시작하면 어쨌거나 이익이 나야만 지속할 수 있고 재투자해야 성장한다. 당연히 원가와 판매가, 순수익을 꼼꼼하게 따져봐야 사업의 성패를 가늠할 수 있다.

그런데 무엇을 얼마에 어떤 방식으로 팔지 고민 없이 창업에 뛰어드는 것을 보면 안타깝다. 시장은 전쟁터와 마찬가지라 작은 것 하나라도 치밀한 전략이 필요하다. 막연하게 제품의 성능만 믿었다가는 소비자의 마음을 얻기 힘들다.

창업을 준비하면서 무엇을 팔 것인지 정해졌다면, 성공한 동종 업종을 따라가기보다 내가 팔 제품에 맞는 가격과 수익을 산출해 봐야 한다. 남들이 성공했으니까 나도 같은 제품을 팔면 되겠지 하는 안일한 생각은 시장을 몰라서 하는 소리다.

얼마 전 교수들을 상대로 창업 강의를 한 적이 있다. 내가 창업할 때만 해도 왜 고생을 사서 하는 것이냐고 말리던 사람들이 이제는 창업에 대한 열의로 가득했다. 그 열의에 찬사를 보내면 좋겠지만, 창업은 꿈이 아니라 현실이니만큼 어떻게 전쟁 준비를 해야 하는지 솔직하게 말해줘야 했다.

"여러분들 기술 좋다! 그런데 뭘 팔 건지, 팔릴 수 있는 건지, 만들 수 있는 건지, 유형의 기술인지 무형의 기술인지 등을 생각해봐라. 내가 가진 한계가 어디까지인지 따져보는 것도 중요하다. 이를테면 내가 연구 개발은 잘하지만 회사를 키울 능력과 수

완이 부족하다면, 더 잘하는 사람들에게 맡기는 것도 방법이다. 회사를 성장시키는 것은 대표의 의무이자 책임이지만, 회사가 성장하지 못해 망한다면 직원들에게도 결과적으로 좋을 리 없다. 그러니 상품이 될 수도 있고 특허권이 될 수도 있고, 회사 자체를 팔 것인지도 생각해봐야 한다.

글로벌 시장은 무섭고 냉정한 곳이다. 기업들은 살아남기 위해 치열하다 못해 무자비할 정도로 움직인다. 특히 글로벌 기업 중에는 자사의 제품이 살아남기 위해 다른 기업의 특허를 사서 시장 진출 자체를 막기까지 한다. 제품 하나가 시장에 나오기까지 엄청난 돈이 들어갔고, 앞으로의 수익 보전을 위해 다른 기업의 특허를 사 죽이고 자사 제품을 살리는 전략을 짜는 것이다.

무한경쟁의 시대에 무엇을 어떻게 팔지는 기업인 모두가 매일 하는 고민이다. 세계 시장을 목표로 한다면, 선점한 글로벌 기업들과도 싸워야 한다. 세계 경제 흐름을 알아야 하고 끊임없이 변화의 흐름을 읽고 아이템을 개발해야만 경쟁에서 살아남을 수 있다. 이를 고민하지 않는 기업은 도태되고 가차 없이 떨어져 나간다는 것을 알아야 한다.

옥상 위의 칸트

상술과 꼼수가
통하지 않는 사회

'상술商術'은 장사하는 재주나 꾀를 말한다. 부정적인 측면이 강하다 보니 그러한 상술의 이미지를 상품의 홍보와 마케팅으로 적극 활용하고 있다. 하지만, 속내를 들춰보면 여전히 상술의 꼼수를 담고 있어 소비자의 반발을 사는가 하면, 크게는 사회적 이슈가 되어 기업이 위기를 맞게 되는 경우도 종종 볼 수 있다.

한국에서만 통한다는 상술을 가장 흔하게 볼 수 있는 곳이 마트와 카페 같은 곳이다. 병원 근처 프랜차이즈 카페에만 가도 '원 플러스 원' 하는 음료가 한두 가지는 꼭 있고, 특정 기간 동안에만 판매하는 음료와 스낵도 있다. 커피 한 잔 사 마시려다가 원 플러스 원이라고 써 붙인 걸 보는 순간 나도 모르게 저걸 안 사면 왠지 손해 볼 것 같은 초조함이 생긴다. 그게 소비자의 심리를 예측한 상술일 테고, 그걸 알면서도 먹고 싶지 않은 음료와 스낵을 사려고 지갑을 열게 만드는 것이 상술의 본 모습일 것이다. 커피와 스낵 같은 것은 그래도 누군가와 가볍게 나누어 먹을 수 있지만, 마트에서 산 원 플러스 원 상품은 음식물 쓰레기로 버려지는 경우가 허다하다. 싸게 많이 샀다고 좋아서 사 들고 온 두부와 콩나물, 과일 같은 것들이 냉장고를 열 때마다 나를 노려보는 것 같아서 기분이 별로다.

싼 물건을 안 사면 손해 보는 것 같아 바리바리 사다가 냉장고를 채울 때는 잠깐 뿌듯하지만, 하루 이틀 시간이 지날수록 버리기는 아까운 물건이 되고 만다. 결국 다시는 그와 같은 상술에 놀아나지 않을 것이라고 다짐하지만, 우리는 결코 그들의 상술에서 벗어나지 못할 것임을 잘 알고 있다.

그러니까 소비는 당장에 필요한 것을 사는 것이 아니라 필요할지도 모른다는 불안감의 욕구 때문에 하는 것인지도 모른다. 소비도 하나의 정신병적 집착이라고 할 수 있다. 쇼핑중독에 걸린 사람들이 그런 경우다. 입지도 않을 옷을 사고 먹지도 않은 음식을 사 쌓아놓는다. 남들이 사니까 나도 사야 할 것 같고, 남들이 사기 전에 내가 사야 할 것 같은 충동에서 벗어나지 못한다면, 분명 정신과적 치료가 필요하다. 상술에 걸리거나 넘어가지 않고 사는 게 쉽지 않은 세상이 된 것이다.

산업화가 빠르게 이루어진 우리나라의 소비 욕구는 세계시장의 각축장이 될 만큼 크다고 한다. 세계적인 커피 프랜차이즈 스타벅스 통계에 의하면 미국과 중국에 이어 우리나라가 세계 3위의 커피 소비국이라고 한다. 커피 값도 가장 비싸게 받는데, 스타벅스 매장은 연일 붐빈다. 그들의 치열한 마케팅 전쟁에서 이길수 없는 소비자는 그걸 알면서도 '별다방'을 외면하기는 어렵다.

누가 그런 말을 한 이유 때문이다. 우리는 커피를 마시기 위해서 별다방을 찾는 것이 아니라 문화를 소비하기 위해서 별다방에 가는 것이라고. 얼핏 이게 무슨 소린가도 싶다. 커피가 아니라 문화를 소비하기 위해서라고? 나 같은 꼰대 소릴 듣기에 적절한 연령대에서 보면, 웃기는 소리다. 우리는 너무 쉽게 거대 공룡기업의 마케팅에 호들갑을 떤다. 유명 브랜드에 열광하며 하나의 문화라고 한다면, 소비자 입장에서 너무 자존심 상하는 일이 아닐까. 상품 하나에는 그걸 만든 기업의 가치와 철학이 오롯이 담겨있어야 한다고 생각한다. 소비자가 커피 한 잔에 단순히 열광하지 않는 진짜 그 기업의 가치와 문화를 공유할 수 있는 이유가 분명해야만 소비하는 맛을 느끼지 않을까. 별다방 커피 한 잔만 손에 들고 있으면 왠지 유행에 뒤떨어지지 않을 것 같아서 그곳에 간다면, 그야말로 상술에 놀아나는 것일 것이다.

얼마 전에 한 빵 회사에서 빵과 함께 무슨 스티커를 넣어서 판매한 적이 있다. 애들부터 어른까지 그놈의 스티커를 수집하느라 새벽부터 빵을 사러 다니는 사람들의 진풍경을 본 적 있다. 시리즈별 한정판이라는 소비자의 충동 욕구를 충분히 자극할 수 있는 마케팅이었다. 오죽하면 편의점이나 마트 정문에 그 브랜드 빵은 품절이라고 써 붙여놓았을까. 그 브랜드 빵이 먹고 싶어서 사는 게 아니라 함께 들어 있는 스티커를 얻기 위해서 그 난리를 치며 돌아다녔다니, 나로서는 이해하기 어려운 일이다. 물론 개인의 취향과 삶의 스타일이 있으니 존중해야 마땅하지만, 스티커만 빼내고 빵은 버리는 것을 보고 누구도 고운 시선으로 바라보지 않을 것이다. 얼마 안 하는 그 빵 때문에 굶어 죽는 사람도 있으니 하는 말이다.

개인의 소비 행위를 두고 모두 기업의 얄팍한 상술 때문이라고 할 수는 없다. 선택은 어디까지나 소비자의 몫이기 때문이다. 그러나 그런 소비자의 심리를 이용한 마케팅이 과연 기업 이미지에 얼마나 득이 될까 생각하지 않을 수 없다. 회사의 이익과 글로벌 기업으로의 위상도 좋지만, 소비자를 감동시키고 올바른 소비 문화를 지향하는 것 또한 기업의 가치를 만드는 일임을 나도 다시 생각하게 된다.

코즈 마케팅Cause Marketing의 주요한 특징은 제품 판매와 기부를 연결하는 것이다. 공유가치창출 전략의 구체적인 실천 방안이라고 한다. 1984년 미국 아메리칸익스프레스사가 마케팅 활동을 자유의 여신상 복원과 연계시킨 프로젝트가 코즈 마케팅의 최초

사례로 꼽힌다. 한국 기업의 CJ제일제당은 생수 제품을 구매하는 소비자들이 제품에 따로 마련된 기부용 바코드나 QR코드를 찍어 아프리카 어린이들이 깨끗한 물을 마실 수 있도록 하는 데 기부하게 유도하고 있다. 코즈 마케팅을 통해 건강하고 윤리적인 착한 기업으로의 소비를 촉진하고 있는 것이다. 소비자는 자신의 소비가 기부로 이어짐으로써 구매 활동에 사회적 의미를 부여할 수 있고, 기업은 감동 마케팅으로 이미지 효과를 극대화할 수 있으니 사회적 대의도 실현할 수 있는 것이다.

내 희망은 은퇴

2002년 처음 회사를 설립하고 미숙한 자신감에 차 있을 때, 나는 쉰 살이 되면 은퇴하여 인생을 즐기겠다고 생각했다. 당시 나는 대학에서 환자를 직접 치료하고 연구도 하던 때라 하루가 모자랄 정도로 바쁘고 힘이 들었다. 두 가지 이상의 일을 병행하다 보니 나를 챙길 여력도 없을뿐더러 주변에서도 그러다 일중독에 빠지는 것은 아닌가 걱정할 정도였다.

대부분 의료인이 그렇지만, 생명에 관한 한 책임감에서 벗어날 수 없기에 언제 어느 때든 마음을 놓을 수가 없다. 그러다 보니 진정한 쉼에 대한 동경을 가지고 산다.

그만큼 힘든 과정을 겪었기에 회사를 설립했을 당시 나는 10년이면 줄기세포치료제 개발도 끝낼 수 있고 회사도 탄탄하게 기반을 잡을 수 있을 거라 기대했다. 그리고 튼튼해진 재정 덕분에 취미생활이나 하면서 살 수 있을 거라고 꿈에 부풀었다. 좋아하는 요리를 해 먹으며 좋아하는 음악을 듣고 또 좋아하는 스포츠를 맘껏 즐길 수 있을 테니, 아무리 생각해도 행복한 은퇴가 분명했다.

공자는 논어에서 군자삼락君子三樂이라는 말로 세 가지 즐거움을 표현했다. 무언가를 배워서 얻는 즐거움과 친구를 사귀어 얻는 즐거움, 그리고 남이 나를 알아주지 않아도 화내지 않는 마음의 넉넉함이 군자가 말하는 세 가지 즐거움이다. 열심히 공부하고 일했으니 은퇴하면 자기 수양이나 하면서 건강만 챙기면 되겠다 싶었으니 상상만으로도 행복했다.

모든 직장인이 아마 나와 비슷한 은퇴를 꿈꿀 것이다. 누군가는 여행을 또 누군가는 전원생활을 꿈꾸며 힘든 오늘을 견디며 살아갈 것이다. 그러한 로망 없이 하루를 견딘다는 것은 사실 어려운 일이다. 우리가 지금 견디고 참으며 일하는 것은 오늘보다 나은 내일이 있을 것이라는 기대와 희망을 잃지 않기 때문이다. 어쩌면 나도 쉼 없이 달려온 시간에 대한 보상을 나 자신에게 주고 싶었던 것인지도 모른다. 세상이 주지 않는 큰 상을 은퇴하는 시점에 내게 주면서 '그동안 수고했어!'라고 위로해주고 싶었다.

결론부터 말하면 내가 꿈꾸던 은퇴는 그리 쉽게 오지 않았다. 미국의 줄기세포 전문가들은 2007년이면 줄기세포치료제가 상품화될 것이라고 예상하였지만, 2007년까지도 줄기세포치료제는 시장에 나오지 않았다. 나 역시 세 번의 임상시험을 어렵게 이끌어가는 중이었다. 임상시험이 성공한다고 해도 치료제가 상용화되기까지는 넘어야 할 산이 컸지만, 임상시험조차 성공하지 못하고 있었으므로 많은 어려움이 있었다. 하지만, 성공을 바라는 수많은 난치병 환자와 의료계의 기대를 포기할 수 없어 어렵지만, 시험을 계속할 수밖에 없었다.

그런 와중에 줄기세포치료제에 대한 불신과 실망이 팽배하기도 했다. 신약 개발과 치료제가 환자의 생명이 아닌 다른 목적으로 과장되거나 호도 또는 우선시되는 일은 경계할 필요가 있는데, 그렇지 않은 방향으로 흐르고 있었다. 그들의 작태를 지켜보자니 의료 행위에 대한 한계와 회의가 느껴지기도 했지만, 한편으론 그들보다 건강하고 훌륭한 의료인들이 더 많다는 데 위안을 가질 수밖에 없었다.

지금도 그들이 활동하는 것을 보면 참 아이로니컬하다. 그들은 여전히 과거와 똑같이 행동하며 비정상적으로 돈을 벌려고 한다. 더욱이 강화된 규정들을 교묘하고 천재적으로 활용하여 성공이 예상되는 것처럼 행동한다. 의료인들의 성공 장담은 매우 위험한 발언이다. 설령 성공이 눈앞에 다가왔어도 생명을 살리는 데 직접적으로 쓰이고 결과를 확인하지 않았다면 성공이라고 할 수 없다. 실효성을 장담할 수 없는 그들의 연구가 길어질수록 환자들의 기대는 부풀고, 대한민국의 건전한 연구자들은 환자를 대신해 불편한 시선으로 그들을 바라봐야 한다는 사실이 맘 아프다.

줄기세포치료제를 연구한 지 10년이 지나서 첫 제품으로 국가의 승인을 받았다. 오래 걸린 만큼 큰 보람이 있었지만, 더 큰 문제가 닥쳤다. 제약회사로서 판매를 위한 능력이 없었다. 승인만 받으면 끝날 줄 알았던 나의 부족함이 드러난 것이었다. 그로부터 10여 년의 시간 동안 제조와 판매가 원활하게 돌아가는 회사를 만들기까지 또다시 은퇴를 생각하며 열심히 일했다. 아파봐야 건강의 중요성을 알듯 당해봐야 깨달음이 생긴다는 말을 되뇌기까지 20여 년이 필요했다. 그동안 나는 일도 일이지만 나를 단단하게 단련시킨 것은 사람이었다.

친구라고 생각했으나 이용당했고, 적은 항상 내부에 있었으며, 웃으며 다가오는 사람들은 대개 거짓과 위선자가 많았다. 10년이 지나야 사람을 조금 알게 되고 20년은 겪어봐야 길이 보인다는 말이 있다. 이제 20년을 넘어서니 갈 길이 보이고, 피할 일들이 보인다. 최근 5년 동안은 회사가 계속 성장하는 중이다. 이제 재투자가 가능하고 목표를 만들어 달성할 수 있는 계단을 만들고 있다.

얼마 전 당신의 희망이 무엇이냐는 질문을 받았다. 나는 선뜻 '은퇴'라고 대답했다. 질문자가 내 대답을 듣더니 조금 당황한 표정을 지었다. 망설임 없이 튀어나온 은퇴라는 말에 사실 나 자신도 놀랐지만, 질문자도 엉뚱해서 놀란 모양이었다. 그렇다. 이제 은퇴를 준비할 시기가 된 것이다. 다른 표현으로 얘기하자면 은퇴를 위한 또 다른 10년이 필요하다는 뜻이다. 이제 짐 실은 수레의 바퀴가 안정적으로 굴러가기 시작했으니 방향과 속도를 조절해야 하고 보험도 들어야 할 것이다. 그러니 당연히 새로운 시작이다.

나는 매일 은퇴를 꿈꾸면서 또 다른 일을 생각한다. 일하지 않고는 견딜 수 없는 현실적인 인간이면서 달콤한 은퇴를 꿈꾸는 낭만적인 사람이기도 하다. 그것은 내가 사랑하고 지키고 싶은 일과 가족과 회사가 있기 때문이다.

내 존재 이유는 그러니까, 은퇴를 위해 필요한 그들이다.

만약 나의 그림이 회자되는 날이 온다면, 관람객들은 이렇게 수군거릴 것 같다.

"뭐지? 사람이야, 외계인이야?"

20년 후를 위한
오늘의 다짐

　1. 돈 없다 탓하지 말자, 너만큼 풍족한 사람도 드물다.

　2. 세금 많이 냈다 탓하지 말자, 나라와 국민을 위해 쓰였을 것이다.

　3. 운 없다 탓하지 말자, 너만큼 운 좋은 사람도 드물다.(너는 세계 최초로 줄기세포치료제를 개발하는 행운을 얻었다.)

　4. 부족한 직원들, 떠난 직원들 탓하지 말자, 그래도 그들이 있었기에 이제까지 회사가 굴러왔다.

　5. 우유부단하게 보이지 말자, 회사에서 요구하는 덕목이 아니다. 친근함은 나약함으로 보인다.

　6. 행복한 가정을 만들자, 이제 안착할 때가 되었다. 더는 방황하지 말자.

7. 술을 줄이자. 얕은 정에 흔들리지 말자. 사랑을 돈으로 살 수 없다.

8. 아픔을 극복할 줄 알자, 극복하지 못하면 죽는다.

9. 깨끗하게 늙어갈 준비를 하자, 지저분하게 늙지 말자.

10. 마지막 20년을 준비하자, 끝이 고와야 한다.

그렇게 살고 싶지 않은 사람은 드물다. 누구나 가족과 사회에 선한 영향력을 끼치는 사람으로 살고 싶다고, 그럴만한 조건이 안 되고 자격이 안 돼서 못 할 뿐이라고 한다. 나도 물론 그렇다. 그래서 오늘의 다짐이라는 걸 하며 잘 살아 보려고 노력하는 중이다. 포기하는 것보다 시도하는 것이 더 중요하지 않겠는가. 빠르게 변하는 세상에서 온전한 나로 살아가려면, 나를 지켜주고 중심 잡아줄 다짐 하나쯤은 마음에 품고 살아가야 한다.

대학 시절부터 '악마'라는 별명이 지금까지 따라붙어 다닌다.

나는 그 별명에 별 불만이 없다.

그것이 나를 일깨우고 회사와 내 환자들을 위한 일이라면

나는 앞으로도 계속 독한 악마로 살아갈 것이다.

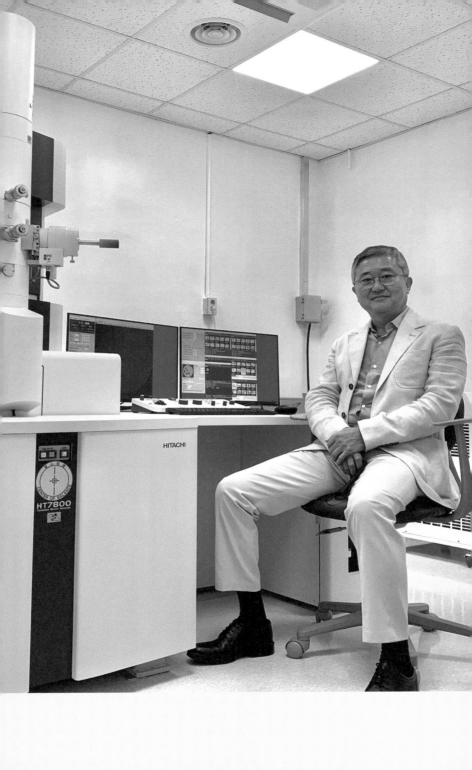

3장

평범하지만 나를 채우는 기쁨

- 가족 이야기 -

바나나우유를 먹는
아침

　사람들에게 열심히 사는 이유를 물으면 하나같이 가족의 행복을 위해서라고 말한다. 젊은 사람도 그렇고 나이 든 사람도 거의 비슷한 대답을 한다. 사람들은 왜 자기 행복이 아닌 가족의 행복을 위해서 산다고 할까?

　어느 책에서 보니 가족은 행복한 짐이라고 했다. 자신을 희생해서라도 가족이 행복해질 수만 있다면 기꺼이 그 희생을 감수하겠다는 뜻이다.

　그렇다면 나도 그럴까? 가정을 이루고 사는 아버지 입장이니 나 역시 행복한 짐이라는 말에 반론을 제기할 수 없다. 나름대로 최선을 다해 열심히 살고 있는데도, 항상 나 자신이 뭔가 부족한 것만 같다. 행복이라는 목표에 지나치게 매달려 있거나 강박에 사로잡혀 있는지도 모르겠다. 돈이 많고, 명예도 있고, 공부도 많이 해서 남들이 부러워하는 위치에 있다면, 행복이라는 목표에 도달했다고 할 수 있을까? 사실 그렇지 않다. 행복이나 사랑, 정의, 관념 따위는 어쩌면 추구하는 것에 목표가 있지 달성의 개념은 아닌 것 같다.

그래서 행복이라는 큰 목표를 가진 이들에게 알려주는 행복해지기 위한 소소한 팁이 있다. 내 옆에 있는 누군가에게 최선을 다하는 것이다. 옆에 있는 상대가 가족이라면 행복은 이미 이룬 것이고 완성된 것이나 다름없다. 함께 밥을 먹고 그와 함께 차를 마시고 서로 눈을 맞추며 대화할 수 있는 가족이라면 당신은 행복이라는 목표를 이루었다고 자신할 수 있다.

갓 성인이 된 아들이 술이 덜 깨 자고 있으면, 나는 아침으로 먹을 바나나우유를 준비한다. 마트나 편의점에서 손쉽게 구할 수 있는 가공된 바나나우유가 아니라 내가 직접 갈아 만드는 바나나우유는 번거로우면서도 즐거운 일이다.

성인이 된 아들을 깨우기 위해서 방문을 슬쩍 열어보는 것도 흐뭇하다. 침대가 꽉 차도록 덩치가 커진 아들을 향해 '누구야!' 하고 부르는 일도 즐겁다. 잘 익은 바나나 한 개를 껍질 벗겨 적당한 크기로 잘라 믹서기에 넣고는 500밀리 정도의 흰 우유를 부어 갈면, 두 사람이 먹기에 충분할 정도로 맛있는 바나나우유가 완성된다. 전날 술을 마셔 숙취가 있다면, 꿀 몇 스푼을 넣어 마셔도 **훌륭한 한 끼 식사**가 된다.

잠이 덜 깬 눈을 비벼가며 바나나우유를 마시는 아들을 보고 있으면, 나도 모르게 오래전 시간으로 돌아간다. 어느새 훌쩍 커버렸나가 아니라 언제 이렇게 나보다 더 큰 모습으로 변한 것인지, 걸음마를 하고 초등학교에 들어가던 아이가 언제 어른이 된 것인지, 나는 아들의 모습에서 늙어버린 나를 발견한다. 편의점에서 파는 바나나우유보다 달지 않아 입에 맞지 않을 텐데, 술을 깨기 위해서 꾸역꾸역 마시고 있는 아들을 보고 있으면 무한의 행복이 느껴진다.

늙은 아비가 해준 음식을 아무 미안함 없이 받아먹으며 해맑게 웃는 아들의 모습에서, 내가 아직은 좋은 아빠라는 자부심이 생긴다. 자식의 해맑은 얼굴을 보기 위해서 부모는 노력과 희생을 감수하는 것이 맞다. 행복이라는 크고 거창한 무엇을 갖기 위함이 아니라 토스트 한 조각을 함께 먹으며 웃고 떠들 수 있는 분위기를 만들어주는 것이 부모와 자식이 함께 누릴 수 있는 최고의 행복이라는 생각이다.

나는 의사라는 직업상 늘 긴장하며 산다. 객관적으로는 성공한 사람으로 볼 수도 있겠지만, 누구나 자기 일에서 받는 스트레스와 일의 강도를 피할 수는 없다. 해서 때로는 집에서조차 업무와 단절하기 어려울 때가 많다. 병원 문을 나서는 순간, 더는 의사가 아니라는 생각을 하기 어려운 것이다. 따라서 가끔은 가족에게 소홀하거나 상처 주는 일도 있다. 상처는 주는 사람도 받는 사람도 아프다. 무심하게 던진 한마디가 평생의 상처가 될 수도 있고, 사는 동안 자기 발목을 잡을 수도 있다.

그래서 나는 목사님을 만나고 하나님께 기도한다.

"제 어리석음을 용서하시고 저로 인해 상처받은 이들을 치유해주십시오."

하나님이 내 부탁을 다 들어주실 리는 없겠지만, 기도하고 나면 왠지 마음이 편안해진다.

내일 다시 누군가를 향해 독설을 날리거나 옹졸한 태도를 보여 상처를 줄 테지만, 목사님과 하나님 앞에서만큼은 진정으로 내 속내를 털어놓는다. 그래야만 조금은 덜 나쁜 인간으로 살아갈 수 있다는 얄팍한 양심 때문이다.

자식이 부모의 최초의 신앙이라는 사실 또한 가족을 위해서라도 양심을 저버리며 살지 말자는 기도에서 출발하기 때문일 것이다. 나는 내 기도가 무엇을 바라는 것에 치중하지 않는다. 한 일에 대해 반성과 할 일에 대해 죄짓지 않도록 나를 다스리기 위함이다. 그 기도가 가족을 위한 일이라면 더더욱 낮은 자세로 하나님께 기도한다.

아들도 모르지 않을 것이다. 아빠와 함께 먹는 아침이 진수성찬이 아닌 차가운 바나나우유 한 컵이지만, 자신을 위해 최선을 다하고 있다는 사실을 말이다. 환자가 많아 병원 수익이 아무리 늘어도 식탁에 둘러앉아 눈을 맞추며 밥 먹는 시간만큼 행복하지는 않다. 그 평범하면서도 작은 기쁨을 얻기 위해서 나는 쉬지 않고 두드리는 진료실 문소리를 기꺼이 감수한다.

정직한 유전자의 힘

글씨는 곧 그 사람의 성격과 성향을 나타낸다고 한다. 다 맞는 얘기는 아니겠지만, 필상학筆相學을 연구하는 학자들은 필체를 심리학적 측면으로 바라보는 것이다. 과학적이지 않은 분야라 장담하기는 어려우나 필체를 보면 그 사람의 성격이 어떤지 대충 알수 있다는 말에는 어느 정도 공감할 수 있다.

간혹 세상을 미혹에 빠지게 하려는 점쟁이들이 정치인들의 필체에 대해 예단하지만, 이 역시 복불복이라는 생각이 든다. 성격이 지랄 같은 사람도 글씨체가 반듯할 수 있고, 성격은 완벽함을 추구하는데 글씨체는 누구도 알아보기 힘들 정도로 엉망인 경우도 흔하다.

글씨는 글자를 배우기 시작하면서부터 길들고 습관화된 버릇일 확률이 높다. 초등학교에 들어가 한글을 배우기 시작하면서 나는 줄이 그어진 정사각형 네모 안에 글자를 쓰느라 애먹은 기억이 있다. 네모 칸 밖으로 삐져나가지 않도록 예쁘게 써야 하는데, 아무리 연습해도 네모 칸 안에 그것도 보기 좋게 글자를 쓰는 것이 내게는 너무 어려운 일이었다.

그러한 연습을 했다고 모든 아이가 똑같은 글씨체가 되는 것도 아닐 텐데, 나에게 네모 칸이 그어진 공책은 은근히 스트레스를 주었다. 글자를 익히고 의미를 아는 일에 집중하기보다는 그놈의 글자가 네모 칸을 벗어날까 봐 더 신경을 써야 했으니, 국어 숙제가 많은 날은 진땀을 빼기 일쑤였다.

지금의 내 글씨가 악필이 아니라 누가 보아도 칭찬 들을 정도로 잘 쓰는 글씨였더라면, 어릴 적 쓰던 네모 칸 공책에 대한 기억을 아름답게 치장할 수도 있다. 그때 그토록 선생님과 어머니 눈치를 보면서 반듯반듯한 글씨를 쓰려 노력했지만 소용없었다. 네모 칸을 벗어난 글씨는 알아서 자유를 만끽하는 양 어디로 튈지 모르게 자유롭기만 했다.

지금의 내 글씨체를 필상학의 심리학적 측면으로 말한다면, 내 성격은 한마디로 구속당하길 싫어하며 괴팍하기 이를 데 없다. 아주 틀린 해석은 아니다. 나를 알고 있는 어떤 이들이 내 글씨랑 내 성격이 딱 들어맞는다고 하는 걸 보면, 맞을 수도 있고 틀릴 수도 있다는 것이 내 견해다.

레지던트 시절에는 글씨 때문에 웃지 못할 에피소드가 많았다. 그 당시에는 진료 기록이 거의 다 수기로 작성되어 글씨가 엉망일 경우 간호사들이 애를 먹었다. 하루는 일찍 순회 진료를 마치고 돌아왔더니 우리 병동 간호사가 나더러 ○○병동에 다녀온 것이냐고 물었다. 순회 진료를 마친 뒤 병동마다 수기로 전달한 처치를 읽지 못한 간호사들이 내 메인 병동으로 연락을 한 것이었다. 전 병동에서 내 글씨를 알아보질 못해 전화가 걸려와 메인 병동 간호사들도 하나하나 해석을 해주려니 힘들기는 마찬가지였을 것이다.

"1번에 A로 시작하는데 못 알아보겠어요."

"그건 ○○○야."

"2번에 V 시작하고 옆에 4라고 쓰여 있어요."

"그건 ○○○이고 하루에 4번."

난해한 문자를 해독하느라 머리를 맞대고 끙끙거리는 간호사를 보면 은근히 재미있을 때도 있었다. 내 글씨에 어느 정도 익숙해진 간호사는 대단한 상형문자의 뜻을 풀어낸 듯 어느 때는 깔깔거리며 웃기도 했다.

나도 반듯하고 깔끔한 글씨로 차트를 정리하고 싶었지만, 피로감에 절어 지내던 레지던트 시절 글씨에 공들일 시간적 여유가 없었다. 네모 칸 안에 글씨를 써야 한다고 잔소리하는 사람이 있는 것도 아닌데, 정좌하고 연필에 힘줄 시간이 어디 있겠는가.

사실 내 글씨가 알아보기 힘들 만큼 엉망인 것은 유전자의 힘이기도 하다. 아버지 역시 간호사들이 알아보기 힘들 만큼 글씨체가 난해했다. 누구의 글씨가 더 악필인지 가늠하기 어려울 정도인 걸 보면 부전자전이 틀림없는데, 만나면 자신의 글씨가 조금 더 좋다고 서로 우겼다.

"넌 왜 이렇게 글씨를 못 쓰냐?"

"아버지, 아버지가 더 못 써요."

"내 간호사만 알아보면 된다."

"나도 내 간호사들은 다 알아봐요."

누구의 글씨가 더 엉망인지 비교하면서도 우리는 아버지와 아들이라는 사실 앞에서 피식 웃고 말았다. 악필이지만 아버지를 닮은 것이 싫지 않았고, 아버지도 당신을 닮은 아들의 악필을 바라보며 은근히 즐거워하셨다.

그리고 그때의 나만큼 자란 아들이 내게 묻는다.

"아빠 글씨 못 알아보겠어요. 내가 아빠보다 더 잘 쓰는 거 같아요."

내 글씨랑 별반 다를 게 없는 아들 놈 글씨를 보면 아버지에 대한 서글픈 그리움이 솟구친다. 아들도 언젠가는 자신과 똑 닮은 오래된 내 글씨를 꺼내 보며 나를 그리워할 것이다.

습관이나 버릇으로도 고치기 힘든 것이 유전자의 힘이다. 노력으로 극복하는 사람도 있을 테지만, 글씨는 그 사람의 입맛이나 체질처럼 타고나는 경우가 많아 극복하려 애쓰는 것이 오히려 독이 될 수도 있다. 성격은 사회생활을 통해서 어느 정도 바뀔 수 있지만, 필체는 노력해도 바뀌지 않는 유전자적 부분이 분명히 있는 것 같다.

지금은 수기로 차트를 쓸 일이 없지만, 내 책상 위에는 항상 메모장과 필기도구가 놓여 있다. 마음을 표현하기에 메모만큼 좋은 도구도 없다. 지친 정신을 환기하고 울적한 마음을 끄적거리다 보면 한결 편안해지기 때문이다. 그리고, 가끔 아버지를 떠올린다. 내 글씨를 나무라며 장난치시던 아버지의 얼굴이 글씨에 겹치며 오랜 부재의 시간이 소환된다.

아버지는 고향 함경도를 떠나 서울에 정착하기까지 많은 고생을 하셨다. 서울 추위도 만만치 않은데, 혹한에도 코트를 입지 않았고 장갑 같은 건 아예 사지도 않았다. 서울은 정말 따뜻하다고, 이깟 추위는 추위도 아니라면서 고향을 그리워하셨다. 그리움을 삼키며 환자를 돌보고 차트를 써 내려가던 아버지가 생각나면 나는 오래도록 메모지에 무언가를 써 내려간다.

MSC 치료반응 관련 바이오마커 발굴

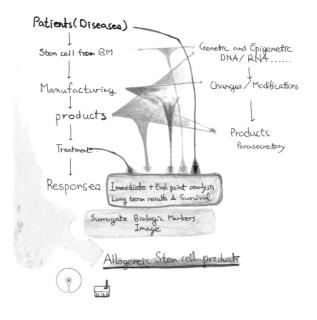

Patients (Diseases)
↓
Stem cell from BM
↓
Manufacturing
↓
products
↓
Treatment
↓
Responses

Genetic and Epigenetic
DNA / RNA ......
↓
Changes / Modifications
↓
Products
Parasecretory

Immediate + End point analysis
Long term results & Survival.

Surrogate Biologic Markers
Image

Allogeneic Stem cell products

필상학적 측면에서, 내 성격은 한마디로
구속당하길 싫어하며 괴팍하기 이를 데 없다.

죽음이라는
평등의 무게 값?

죽음은 누구도 피해 갈 수 없기에 지극히 평등하다고 할 수 있다. 죽음을 잠시 유예하거나 운이 좋아서 피해 갈 수는 있겠지만, 영원히 죽지 않을 수는 없다. 고대 로마의 정치가이자 저술가인 키케로는 철학하는 이유가 죽음을 대비하기 위해서라고 했다. 따라서 죽음이 삶의 일부라는 성찰은 사람이 무한한 존재임을 증명한다.

철학자 김진영은 『아침의 피아노』에서 이렇게 말했다.

우리는 새들처럼 그늘로 숨어 들어가 거기에 둥지를 튼다. 그리고 모든 절정의 찰나처럼 한순간 빛나고 사라질 덧없는 찬란함은 그 둥지 안에서 사라지지 않은 채 온전히 간직된다. 부끄러움이라는 파수꾼이 그 둥지를 지키기 때문이다.

_김진영,『아침의 피아노』

키케로는 유한한 죽음의 철학에 관해 이야기했고, 철학자 김진영은 덧없는 삶의 둥지 속에 온기를 간직할 수 있는 것은 우리에게 부끄러움이라는 양심이 지키고 있기 때문이라고 했다. 두 사람의 삶과 죽음에 관한 통찰에 나는 의사가 아닌 개인으로 돌아가 생각하게 된다. 매일 환자의 생과 사를 지켜봐야 하는 의사의 상황이 아니라 나라는 개인으로 돌아가 어떤 죽음과 직면했을 때, 나는 과연 냉정하고도 의연하게 죽음과 대면할 수 있을까?

의사가 목격하는 죽음은 개인이 바라보는 죽음과는 약간의 괴리감이 있을 수밖에 없다. 환자와 의사라는 관계는 이성적 판단이 우선시 되어야 하고, 환자의 죽음 또한 의사의 의학적 판단으로 결정해야 하기에 다른 감정이 먼저 끼어들 여지가 없다. 그러나 나는 개인이면서 의사라서 환자가 아닌 관계의 죽음들에는 무척이나 당황스럽고 그 무게감과 피로감이 엄청나게 크다. 특히 가족의 죽음을 의사라는 위치에서 판단을 내려야 할 때가 그렇다.

나는 20년 동안 아버지와 형님, 작은아버지와 고모, 고모부의 죽음을 판단하고 지켜봐야만 했다. 그것은 가족이면서 동시에 의사의 입장으로 지켜봐야 하는 죽음이라 여러 감정이 뒤엉켜 무척이나 혼란스러웠다. 어떤 위치에서 지켜보았을 때 죽음의 무게가 더 무겁냐고 묻는다면, 대답하기 어렵다. 죽음은 누구나 평등하게 맞는 것이라는 명제를 전제하기 때문이다.

하지만 가족이라면 아주 다르다. 5년 동안 병과 싸우다 돌아가신 아버지를 지켜보는 내내 나는 의사로서의 무력감에 시달려야 했고, 아버지의 죽음 앞에서는 자식의 도리에 대한 죄책감에 시달려만 했다. 형님도 마찬가지다. 아버지가 부재한 상황에서 맞은 형님의 죽음은 살아 있는 가족들에게 삶을 덧없게 만들었다. 먹고 마시고 잠을 자야 하는 일들이 중력을 잃어 우리는 한동안 각자의 방황에 충실했다.

작은아버지와 고모, 고모부의 죽음 역시 내게는 전혀 가볍지 않은 죽음이었다. 친인척이라는 감정적인 안타까움도 있지만, 죽음을 대하는 다른 가족들의 상식적이지 않은 태도가 내 삶의 무게를 가중시켰다. 그들은 나하고의 관계를 들어 죽음 이후의 문제들까지 논하거나 의지하기 일쑤였다. 죽은 자는 말이 없고, 살아 있는 자들의 입은 시끄럽다는 사실을 알면서도 나는 의사와 가족이라는 관계에서 쉽게 자유롭지 못했다.

나이가 든 탓일까. 전보다 자주 내게 짊어진 삶의 무게를 가늠하게 된다. 젊어서는 열정이라는 말로 나를 이해시키며 무슨 일이든 적극적인 자세를 취했다. 일에 미쳐 살 때는 그래서 주변인들의 부탁쯤은 당연한 듯 이해하고 들어주었다. 그러나 이제는 내 어깨가 점점 그 무게를 감당하기 힘들어한다는 걸 깨닫게 되

ⓒ 옥상 위의 칸트

었고, 나 자신을 먼저 살피고 챙겨야 한다는 걸 알게 되었다.

살아온 날보다 살아갈 날이 더 짧다는 걸 몸과 마음이 알아채는 나이다. 더는 친인척의 죽음과 마주하고 싶지 않을뿐더러, 그들의 죽음을 내가 결정하고 싶지도 않다. 내 의지와 상관없이 가족이라는 명분으로 의사라는 직업까지 원 플러스 원이 되기는 싫다는 뜻이다.

퉁명스러움이
앞서는 이유

어머니가 갑자기 고관절 골절로 입원하여 응급 수술을 받았다. 택시에서 내리다가 넘어지셨다고 했다. 한겨울이라 택시에서 내려서다 빙판에 미끄러진 모양이었다.

노인에게 고관절 골절은 암보다 무서울 수 있다. 저절로 붙지 않고 다른 합병증이 생길 위험이 큰 것이다. 젊은 사람과 달리 노인은 골밀도가 낮아 주변을 둘러싸고 있는 근육과 인대도 많이 약하다. 따라서 고관절 골절을 당했을 경우는 한시라도 빨리 골든아워 안에 수술을 진행해야 한다. 수술이 빠르게 진행될수록 합병증이 적어 사망 위험이 낮아지기 때문이다.

어머니는 다행히 원주세브란스병원에서 응급 수술을 받았다. 예약된 환자들이 있어 바로 병원에 갈 수 없었던 나는 일을 마치고 나서야 어머니한테 갈 수 있었다. 나를 무척이나 기다렸던 듯 병실 문을 열고 들어서자 어머니가 비로소 안심하는 눈치였다. 당신 자식인 의사가 왔으니 이제 걱정할 필요 없다는 안도의 마음이었을 것이다.

그러나 나는 어머니에게 그리 살가운 아들은 아니다. 달려가 손을 잡고 걱정을 한껏 늘어놓아야 하는데, 여느 때와 마찬가지로 어머니를 환한 얼굴로 대하지 못했다. 어머니 역시 그런 내가 익숙한 듯 왜 그러는 것인지 이유를 묻거나 크게 서운해하지 않았다.

사실 어머니와 아들의 관계만큼 가깝고 의지하는 사이도 없을 텐데, 나는 아주 어릴 적부터 엄마와 함께 있는 시간보다 혼자 있는 시간이 더 많았다. 병원을 운영하는 아버지 때문에 어머니가 바쁘다는 것을 머리로는 이해했지만, 어린 마음에는 그렇지 않았던 것도 같다.

그렇다고 어머니가 우리 형제들에게 소홀했던 것은 아니다. 오히려 지나치다 싶을 정도로 최고의 교육을 시키려 애를 쓰셨다. 병원 일로 바쁜 와중에도 나는 어머니가 선택한 과목별 선생님과 공부하고, 그림을 그리고, 음악을 해야 했다. 내가 무엇을 좋아하고 싫어하는지는 크게 신경을 쓰지 않았다. 아들이 최고의 환경에서 최고의 교육을 받아야만 한다는 어머니의 과잉 교육열을 나는 거부할 수 없었다. 시키면 시키는 대로 하는 것이 어머니를 위하는 것이고 그래야만 되는 세상인 줄 알았다.

어머니 세대가 유난히 자식들 교육에 신경을 쓰고 그 덕분에 우리가 선진국이라는 문턱을 넘어섰다는 걸 모르지 않는다. 자식들 교육이라면 물불 안 가리고 덤벼든 어머니들이 세상을 변화시키고 발전시켰다는 사실을 알지만, 그 희생적이고 강박적인 교육열이 가한 부담과 무게를 고스란히 떠안고 살아가는 것도 자식이다.

부모님을 실망시키지 말아야 한다는 부담감이 인내심은 키울지언정 솔직히 정서적으로는 그다지 좋은 영향을 주었다고 할 수 없다. 부모와 자식 간이라도 어느 한쪽의 일방적인 희생이나 강요는 결국 부담이라는 책임감에서 벗어날 수 없기 때문이다.

어쩌면 그때부터 외로움과 고독감에 시달렸다는 생각이 든다. 다른 사람보다 유난히 그런 감정에 자주 빠지는 것은 어린 시절 혼자 보낸 시간의 습관 같은 것일 수도 있다. 나는 어머니가 원하는 최고의 교육에 맞춰 공부해야 했으므로 매일 무거운 책임감과 의무감을 가지고 하루를 보내야 했다. 과외 선생님들 말고는 나와 다정하고 따뜻한 대화를 나눌 수 있는 대상이 별로 없었다. 시차를 두고 찾아오는 과외 선생들이 아니라 함께 이야기를 나누고 간식을 먹어가며 눈을 맞출 수 있는 다정한 사람이 곁에 없어 늘 혼자라는 기분을 떨칠 수가 없었다. 어머니가 자식들을 사랑하고 최선을 다했다는 것을 모르지 않는다. 각자 최선을 다해서 살아왔지만, 세상이 만든 간극을 놓쳤거나 어머니와 내가 간과한 부분이 분명히 있을 것이다.

그렇다고 내 아이들에게 어머니보다 더 현명한 교육을 했다고 자신할 수는 없다. 어쩌면 어머니보다 더 아이들을 외롭게 했거나 힘들게 했을 수도 있다. 그 부분은 아이들에게 물어보는 것이 정확할 테지만, 솔직히 물어보기 싫다. 난 외로움도 많이 타지만 상처도 쉽게 받는다. 특히 아이들한테 상처라도 받는다면 치명적일 것 같아서 더 싫다.

하지만 장담할 수 있다. 나는 최고의 교육보다 최선의 교육을 하려고 노력했다. 아이들이 싫다거나 부담을 느끼면 강요하거나 회유하지 않았다. 능력과 눈높이에 맞는 교육하려 했기에 아이들도 그 부분은 별 불만이 없을 것이다.

나를 바라보는 어머니의 눈빛에서 당신이 살아온 시간에 대한 회한을 조금은 이해할 수 있다. 이해하면서도 살뜰하게 챙기지 못하고 언제나 퉁명스러움이 앞선다. 내 품이 좁아서 그런지 어머니의 투정 아닌 투정을 친절하게 받아주지 못하고, 끓어오르는 측은지심만 단속하다 병실 문을 나온다. 병원 문을 나서는 순간 또 다른 내적 갈등으로 어머니를 만나고 오는 길이 그리 즐겁지는 않다. 부모가 되어봐야 부모의 마음을 이해한다는데 아직 나는 너그럽고 현명한 부모가 되지 못해서 그런 것 같다는 생각도 든다.

한 가지 분명한 것은 부모 자식 간에도 일방적인 희생이나 강요가 그리 바람직한 영향을 끼치지 않는다는 것이다. 전통적인 부모들의 가치관이 더는 먹히지 않는다는 뜻이다. 부모와 자식 간이라는 관계도 그렇지만, 어떤 관계든지 평등함을 잃지 않도록 노력해야 원만한 관계를 지속할 수 있다. 아무리 이타적인 사람이라도 지나치게 이기적인 상대 앞에서는 너그러움을 잃지 않을 수 없기 때문이다.

내 아이들도 언젠가는 부모가 되고 나이를 먹어 나 같은 생각을 하게 될 것이다. 이왕이면 아빠에 대한 아이들의 기억이 재밌고 멋지고 세련된 이미지로 각인되었으면 싶은데, 이 또한 욕심일지도 모른다. 추측하건대 우리 아이들은 나에 대해, '일과 환자밖에 모르는 무심한 아버지'라 할 수도 있겠다.

아들의 잔소리

아들하고의 술자리는 언제라도 즐겁다. 꼬맹일 때는 마냥 귀엽기만 했는데, 다 큰 아들은 세상 누구보다 큰 의지처가 된다. 내 표정만 보고도 무슨 일이 있는 것은 아닌가 걱정해주기도 하고 내 일 처리가 잘못되었다 싶으면 여지없이 팩트 폭격을 날린다. 다른 사람이 내게 그와 같은 충고나 조언을 한다면 칼같이 팩트를 들춰보겠지만, 아들의 잔소리는 아무리 들어도 여지가 남지 않아서 좋다. 아마 모든 아버지가 비슷할 것이다.

그날도 아들이 먼저 술 한잔하자고 했다. 아주 중요한 약속이 있지 않고는 아들하고의 술 약속을 마다할 리 없었다.

"무슨 일 있니?"

특별한 일이 없다는 걸 알면서도 나는 습관처럼 물어본다. 아들은 싱겁게 웃으며 말한다.

"아빠가 술 살 거지?"

당연한 줄 알면서도 아들은 꼭 내게 확인한다. 그렇다고 아들이 원하는 대답을 쉽게 해주지는 않는다.

"술 먹자고 한 사람이 사야지, 내가 왜 사냐?"

"아빠는 회장님이고 나는 최저임금 받는 직원이잖아요."

우리는 매번 결론 없는 대화를 주고받으며 술집으로 향한다.

술이 한두 잔 들어가면 부자간에서 친구가 되기도 하고 때로는 서로의 든든한 멘토가 되기도 한다.

"아빠는 왜 힘든 내색을 안 해요?

병원이나 회사에서도 그렇지만 집에서도 힘든 내색을 하지 않으니 아들은 내가 답답한 모양이었던 것 같다.

나는 직원들이나 임원들에게 시시콜콜 잔소리로 마음을 대변하지 않는다. 오래 지켜보다가 도저히 가능성이 보이지 않으면 단호하게 결단을 내리지만, 그전까지는 웬만해선 생각을 드러내지 않는 편이다. 나 스스로 충분한 내적 갈등을 겪어야만 일이든 사람이든 판단할 수 있기 때문이다. 섣부른 결론을 내리거나 결정을 하게 되면 부정적인 관계를 만들 수 있고, 한 번의 잘못된 결정은 회사에 큰 영향을 미치기 때문이다. 경영자의 얼굴은 그래서 감정이 쉽게 드러나지 않는다. 앞과 뒤가 다른 감정의 소유자라 그런 것이 아니라, 말과 행동이 신중하지 못하면 받아들이는 사람들이 더 힘들어지는 까닭이다. 아들의 관점에서 보면 충분히 이해된다. 더구나 세대 차가 크다 보니 그런 문제가 더 걱정되었던 모양이다. 내 몸이 한번 휘청하는 걸 보고 나서부터는 잔소리가 더 늘었다.

"어떻게 기분대로 표정을 바꾸냐? 너한테는 솔직할 수 있지만, 환자를 상대하고 회사를 운영하면서 그렇게 하기는 어려워."

"그래도 너무 참으면 스트레스 쌓이니까, 나한테라도 풀어요."

내 눈엔 여전히 아이 같은데, 나를 걱정하며 대화 상대를 자청하고 나설 때면, 세상에 믿을 만한 내 편이 있다는 사실이 그렇게 든든할 수가 없다. 좋은 친구와 아내도 있지만, 나를 똑 닮아 또 다른 내 자아 같은 아들의 지지는 모든 걸 무장해제시킨다.

가끔은 불편한 진실을 거침없이 쏟아내 나를 당황하게 만들기도 하지만, 아들의 순진한 눈빛이 나를 즐겁게 한다. 술기운이 적당히 오른 틈을 타 아들이 내게 말한다.

"아빠, 나 결혼하고 싶은데 돈이 하나도 없네. 아빠가 결혼 비용 좀 줘요?"

그런 소릴 들으면 공연히 설레고 기대감이 생긴다. 세상의 모든 아버지는 아들의 여자 친구에 대한 로망이 있다. 잘생기고 친절한 사위를 얻고 싶은 어머니들의 로망도 마찬가지다. 여자 친구도 없으면서 아들은 결혼 비용 타령을 했다.

"우선 여자 친구부터 보여줘, 그럼 생각해볼게. 아빠도 얼른 귀여운 손주랑 놀고 싶다."

아들은 자신의 마음을 들킨 양 낄낄거리며 말한다.

"손주 타령하는 걸 보니 우리 아빠도 늙었네!"

아닌 게 아니라 지나가다 마주치는 아이들만 봐도 저절로 미소가 지어진다. 그 보드라운 살결과 귀여운 눈동자에 홀리지 않는다면, 감정에 문제가 있는 사람일 것이다. 아이들은 성장하면 부모의 품에서 벗어나는 게 정상이다. 작은 생명에 대한 느낌이 다른 것은 아마 허전한 품 때문에 생기는 빈둥지증후군 같은 거다. 성인이 된 아들딸을 맘대로 안아보자고 할 수는 없는 노릇이다. 오랜 헤어짐 끝에 만나면 인사치레로 한 번은 안아볼 수 있겠지만, 어릴 때 마냥 수시로 안아보고 뽀뽀할 수는 없는 노릇이다. 그런 행동이 자연스러운 나라도 있지만, 우리 정서로는 쉽지 않은 일이다. 생각해보면 다 큰 자식이 아빠한테 매달리거나 엉기면 그 꼴도 징그러울 것 같다. 그러니까 아들이 아닌 손주 사랑이 크다고들 하는 모양이다.

세상 사람들은 아들더러 금수저 집안 자식이라고 한다. 물론 어렵고 힘든 사람들이 더 많은 세상에서 별 부족함 없이 큰 것은 사실이다. 그렇다고 금수저니 은수저 같은 표현으로 계급화하는 것은 바람직하지 못하다. 속된 말로 잘 먹고 잘살아 봤자 큰 차이가 없고, 욕망을 버리지 않는 이상 누구나 결핍은 있을 테니까. 영원한 것은 없다는 말은 그래서 모든 사람에게 공평하고 위로가 된다.

ⓘ 옥상 위의 칸트

구겐하임 뮤지엄에서
보내온 엽서

　사실적인 형체를 버리고 순수 추상화를 탄생시킨 바실리 칸딘스키Wassily Kandinsky는 미술사의 혁명을 일으킨 화가다. 러시아 국적의 칸딘스키는 모스크바 대학에서 법학과 경제학을 공부하던 중 클로드 모네의 그림을 보고 매료되어 화가의 길로 들어섰다고 한다.

　성공한 법학자가 그림에 빠져 다른 길을 선택한다는 것은 쉽게 이해되지도 않을뿐더러 아무나 결행할 수 있는 일도 아니기에 더 대단해 보인다. 만일 칸딘스키가 모네의 전시회에 가지 않았다면, 아니 갔더라도 모네의 그림에 감명 받지 않았다면 추상미술의 세계는 지금과 달라졌을 것이다.

　예술의 힘은 공감이다. 공감은 마음을 움직이는 그 어떤 위력보다 힘이 세다. 내가 지금 칸딘스키에 관해 이야기를 늘어놓는 것도 내 마음을 움직이게 만든 따뜻한 공감 때문이다.

칸딘스키를 좋아하게 된 것은 그러니까 엽서 한 장 때문이었다. 피카소, 고흐, 렘브란트도 좋아하지만, 샤갈이나 달리 같은 초현실주의 화가도 좋아해서 국내 전시회가 있으면 보러 가곤 했는데, 칸딘스키를 접한 것은 엽서가 처음이었다. 그래서 더 설렌 모양이다.

흰 가운이 무겁게 느껴질 즘에야 퇴근을 맞는데, 그날은 책상 위에 놓여 있던 엽서 한 장 때문에 하루의 피로가 싹 달아났다. 딸 진수가 보낸 칸딘스키 엽서였다. 진수는 뉴욕을 여행 중이었고, 구겐하임 미술관에서 칸딘스키를 보고는 아빠 생각이 났다고 했다. 조금은 어색한 표현으로 자신의 감정과 칸딘스키에 관한 이야기를 전한 진수의 엽서를 보면서 나는 한동안 울컥하는 감정을 진정시켜야만 했다. 무심하게 끄적거린 듯 보이는 엽서에서 진수의 말투와 표정이 생생하게 그려졌다. 미술관 한구석에 비딱하게 서서 엽서를 썼을 딸아이를, 아빠가 평소 그림을 좋아한다는 사실을 잊지 않고 엽서를 골랐을 딸아이를 떠올렸다. 오랜만에 말이 아닌 글로 전하는 여행자의 마음과 아빠에 대한 그리움이 엽서에서 느껴졌다.

가까이 있을 때는 느끼지 못했는데, 엽서 한 장이 주는 딸에 대한 그리움과 애틋함은 대단히 컸다. 그날부터 나는 칸딘스키에 관심을 두기 시작했다. 칸딘스키는 누구이며 그림의 색채는 무엇이고 어디에서 무슨 활동을 했는지 알고 싶어졌다. 칸딘스키를 알아야 내가 모르는 딸을 이해할 수 있을 것 같았는지도 모른다.

칸딘스키 그림의 색채는 대단히 몽환적이다. 내가 추구하는 밝음의 몽환과는 조금 다르지만, 그가 선을 통해 그려내는 무질서하면서도 기하학적인 색채는 순수 추상화의 창시자라 불릴 만큼 강렬하고 매력 있다. 특히 칸딘스키가 1939년에 그린 〈파랑을 향하여〉라는 그림은 중력을 무시하고 자유롭게 춤추듯 선과 색채의 향연이 3차원적으로 느껴져 무척 인상 깊었다. 무엇보다 눈에 보이지 않는 점과 선으로 감정을 전달하는 칸딘스키만의 추상 세계에 나는 크게 공감한다. 어쩌면 딸에게 표현하지 못한 많은 말과 행동에 대해 아쉬움이 있어 더 크게 공감했는지도 모른다.

진수가 여행에서 돌아오면, 술 한잔하며 말해줄 것이다.

"칸딘스키의 춤추는 점과 선은 3차원적 감정이야. 너에 대한 아빠의 마음도 그래."

진수는 아마 이렇게 대답할 것이다.

"아… ㅎㅎㅎ?"

나를 닮아 쿨하기 짝이 없고 나보다 더 수준 높은 안목으로 칸딘스키를 알게 해주어 고맙기는 하지만, 이젠 대화에서 진수에게 밀리고 싶지 않다. 칸딘스키만큼은 진수보다 내가 많이 알고 있다는 사실을 보여주고 싶은데, 솔직히 진료 끝나면 공부하는 게 쉽지 않다.

예술이 공부해서 되는 일이라면 자신 있는데, 어찌 창작의 세계를 하루아침에, 그것도 추상화의 창시자 칸딘스키를 제대로 이해할 수 있단 말인가. 그래도 나는 여행을 마치고 돌아올 진수를 위해서 책상 앞에 앉는 걸 포기하지 않을 것이다.

소질은 없었지만 어릴 적 내 정서를 풍요롭게 만든
바이올린은 가장 아끼는 물건 중 하나다.
아버지는 바이올린을 켜던 어린 나를 바라보며
무척이나 행복해하셨다.
그래서 나는 다시 꿈꾸기 시작했다.
아버지가 남긴 바이올린을 손자한테 물려주자고.

직업은 직업일 뿐

복음서 중 하나인 누가복음은 의사인 누가가 예수의 행적과 가르침을 기록한 것으로, 초기 기독교 시대 박애주의와 이타주의, 평등주의를 바탕으로 하고 있다. 예수님 역시 가난한 이웃과 어려운 이웃들에게 기적 같은 의료 행위로 사랑과 평화를 실천하며 복음을 전파하였으니, 의료 행위의 근간은 치료에 목적이 있는 것이 아니라 복음을 통해 이웃 사랑을 실천하는 것이다.

그런데 과학이 발달하면서 의료 행위에도 많은 변화가 생겼다. 자연과 신이라는 초월적 능력자의 의료 행위에서 인간의 과학적 의료 행위로 변하면서 의사는 자본주의 시대에 가장 선망하는 직업순위에도 올라 있다. 의료 행위가 사람의 수명을 연장할 뿐만 아니라 사회 발전에도 커다란 영향력을 미치며 하나의 산업으로

옥상 위의 칸트

성장하게 된 것이다.

과학기술은 분명히 인간의 삶을 더 풍요롭고 자유롭게 만들었다. 질병에서 벗어난다는 것은 단순히 수명 연장을 뜻하기만 하는 것이 아니다. 인간의 활동에 더 많은 기회와 편리함을 선물하고, 갈수록 그 영향은 더 막강해질 것이라고 본다.

그러나 의사와 변호사 같은 직업이 희망 직종 일 순위에 오르며 돈과 명예의 기준이 되던 시대도 점점 멀어지고 있다. 디지털화된 세상이 요구하는 최고의 소비자와 고객은 의사와 변호사 같은 직업군이 아니라 스포츠와 방송 연예인 같은 미디어에 자주 노출되는 직업에 종사하는 사람들이 돈도 잘 벌고 인기가 있다 보니 인기 직업 순위에서 상위를 차지하게 되었다.

초등학교 시절 장래 희망이 무엇이냐고 물으면 대부분이 의사와 변호사, 대통령이라는 웃지 못할 희망들을 적어 냈다. 나는 아버지가 의사여서 그랬는지, 의사가 되고 싶다는 생각은 해보지 않았다. 아버지도 나를 의사로 만들겠다는 의지를 보인 적이 없어 고등학교 때까지 그러한 부담은 갖지 않았다. 그런데, 아들은 나와 다른 시절을 보내서 웃었던 기억이 난다.

하루는 아들이 학교에 다녀와서 내게 말했다.

"아빠, 선생님이 나한테 되게 잘해준다."

내가 의아해서 물었다.

"너는 우등생도 아니고 말을 잘 듣는 학생도 아닐 텐데, 왜 잘해준다니?"

"선생님이 나한테 엄마 아빠가 의사냐고 물었어."

"그래서 뭐라고 대답했니?"

"네, 그랬는데."

그제야 나는 이해했다. 아내도 나도 학교에 들락거리지 않았던 터라 굳이 무슨 일하는지도 밝히지 않았다. 아들은 여전히 선생님의 관심과 친절을 이해하지 못했다. 그건 정말 다행이었다. 아이들을 가르치는 입장이니 가정 환경을 아는 것도 물론 중요하다. 자라는 환경을 알아야 선생님으로서의 대처와 방안을 찾을 것이나, 그 또한 굉장히 조심해서 접근해야 한다.

솔직히 나는 아들의 말을 듣고 선생님의 편애가 반갑지 않았다. 누구보다 공정하게 바라보아야 할 선생님의 눈이 특정 학생한테만 집중되는 것은 경계할 필요가 있다. 어린 학생들이 자칫 소외감을 느낄 수 있고, 직업에 대한 편견이 생길 수도 있다. 엄마 아빠의 직업에 아이들이 우월감을 느끼는 행위는 전혀 바람직하지 않다.

"세상에는 셀 수 없을 정도로 많은 직업이 있단다. 그래서 우리가 편리하게 살아갈 수 있는 거야. 엄마 아빠는 의사라는 직업을 가졌을 뿐이지, 다른 직업과 다를 것이 없어."

걱정되는 것은 잘못된 직업관으로 아이들이 느낄지도 모를 열

등감이나 우월감이다. 부모 세대가 올바른 직업관을 심어주어야 다음 세대로도 잘 이어질 수 있다. 나는 애들한테 공부를 잘해서 의대에 가라는 말을 하지 않았다. 아빠를 실망시키면 어떡하지 하는 걱정을 시키기 싫었다. 차별화된 부와 명예를 얻기 위해서 의사가 되었다는 사람은 그리 흔치 않다. 누가와 예수님처럼 가난하고 병든 이웃을 위해 평등과 박애주의만으로 의료 행위를 실천하기는 어렵다. 그러나 직업을 선택하고 평가하는 데 귀천을 따지는 어리석음은 범하지 말아야 한다. 혹자는 당신은 모든 걸 이루었으니 그런 말을 쉽게 할 수 있는 것이라고 말할 수도 있을 것이다. 그 또한 쉽게 판단해서 할 수 있는 말이 아니다. 직업의 가치와 자부심은 스스로 만드는 것이다. 세상의 평가에 휘둘릴 필요 없다.

아들은 50점짜리 시험지를 받아도 당당하게 내 앞에 내밀었다. 그 순수함이 귀여워 다른 말이 떠오르지 않았다. 50점짜리, 그것도 본래는 45점인데 선생님이 5점을 올려주어 50점을 받은 것인데, 그런 시험지를 당당하게 보여줄 수 있다는 것은 아직 세상에 대한 편견과 구분이 없다는 뜻이다. 자신에게 최선을 다했고 그 결과에 일희일비하지 않는다는 뜻이니, 누가 그 깨달음에 태클을 걸겠는가.

그래도 해맑은 얼굴로 내 앞에 툭 내밀던 50점짜리 시험지를 확인하는 순간, 내색은 안 했지만, 이거 심각하다는 생각이 들긴

했다. 누가와 예수님의 사랑을 조금이라도 실천해야 하는데, 아들의 시험지가 자꾸 눈앞에 아른거렸다.

"괜찮아, 나는 신이 아니라 인간이잖아…."

완벽한 사람은 없다

세상은 사회의 지도층이나 성공했다고 부러움을 사는 사람들에게 더 엄격한 도덕적 잣대를 들이댄다. 그들이 무엇을 먹고 어디에서 살고 누구와 어울리는지도 관심이 많은 만큼 그들은 사적인 자리에서조차 말 한마디, 행동 하나 실수하게 되면 바로 세상의 조롱거리가 되거나 비웃음을 사게 된다. 그들에 대한 미담보다 실수담에 세상이 더 시끄러운 것은 그들이 우리보다 훌륭하고 똑똑하고 잘 사니 그에 걸맞은 인성과 행동거지도 갖춰야 마땅하다는 생각 때문일 것이다.

나는 그 말에 호응하기 어렵다. 모든 사람은 이중적인, 아니 다중적인 인격을 조금씩 가지고 있다. 문제가 있지 않고서는 어떻게 모든 일을 일관되게 선의로만 판단하고 행동할 수 있겠는가.

공적인 사람이고 유명세가 있으니, 언제 어디서나 좋은 모습만 보이라고 하는 세상이 위선이라는 생각이 든다.

물론 언제나 일관되게 올바른 인성을 가지고 있는 사람도 있기는 하다. 엄청난 정신력으로 버티거나 깨달은 사람이 아니고는 이 복잡한 세상을 상대로 늘 밝고 바른 모습만 보여줄 수 없다. 타고난 관종이라도 한계에 닥치면 아마 전혀 다른 사람이 될 것이다.

질병의 원인 중 가장 큰 비중을 차지하는 것이 스트레스다. 인간의 몸은 단순하면서도 복잡한 구조로 되어 있어 어느 시점에는 분명한 한계 상황을 드러낸다. 이를 무시하면 예기치 못한 순간 스스로 안전핀을 뽑아버리는 것이 몸이다. 자신보다 세상의 기준을 더 중요하게 생각하는 사람들은 한 번쯤 짚고 넘어가야 할 얘기다.

그래서 나도 가끔 두려움을 느낀다. 성공이라는 법칙과 조건에 맞는 사람은 아니지만, 세계 최초로 줄기세포치료제를 개발했다는 소식이 세상에 알려지면서 나는 더 바빠지고 더 열정적으로 일해왔다. 회사가 커지고 연구자로서의 유명세가 싫은 것은 아니지만, 알려질수록 나의 운신의 폭은 줄어든다는 사실에 내 안의 또 다른 나는 스트레스에 시달리기 시작했다.

이일 저일 모두 완벽하게 해내야 한다는 강박감이 일에 대한 긍정적인 열정보다 크면 위험하다는 사실을 알면서도 나를 다스리기가 힘이 들었다.

누가 그런 말도 하지 않던가. '인생은 멀리서 보면 희극이고 가까이서 보면 비극'이라고.

언젠가 아들하고 아들 친구와 함께 셋이서 술을 마신 적이 있었다. 아들 친구가 나에 대한 소문을 듣고 꼭 한 번 만나고 싶다고 해서 만들어진 자리였다. 이해관계 없는 술자리니 맘도 편하고 더구나 내 팬이라니 마다할 리 없었다.

스무 살을 갓 넘긴 청년들과 술을 마시면, 예전의 내 모습이 보이기도 하고 어쩔 수 없이 느끼게 되는 세대의 격차를 알 수 있어 은근히 즐겁다. 꼰대 짓만 안 하면 젊은 친구들과도 잘 지낼 수 있다. 분위기가 무르익을 무렵 아들 친구가 조심스럽게 말했다.

"아버님, 제 목표는 천 억을 버는 것입니다."

"천 억이라…?"

그냥 웃고 넘어갈 수도 있었지만, 나는 웃을 수가 없었다. 진지한 눈빛으로 내 답변을 기다리는 젊은 친구에게 잘못 말했다가는 뭔가 큰 실망을 안겨줄 것 같았다. 그 친구는 그동안 여러 가지 아르바이트를 경험했고, 개인사업도 쉬지 않고 해서 무슨 일이든 잘할 수 있다고 했다.

순진한 내 아들은 술안주만 축내는데, 그 친구는 제법 사업가처럼 말해서 귀엽기도 하고 대견하기도 했다. 사회 경험이 풍부하다는 젊은 사업가한테 잘못된 조언이나 충고를 했다가는 내 이미지도 나빠질 수 있고, 장래 큰 기업가로 클지도 모를 싹을 자를 수도 있겠다는 생각이 들었다.

　내 답변을 더 망설이게 만든 것은 아들의 결정적인 한마디였다.

　"아빠, 얘는 아빠가 완벽한 사람이라고 생각해."

　완벽이라는 말에 참았던 웃음을 터트리고 말았지만, 그렇다고 적당한 답변을 찾은 것은 아니었다. 완벽이라는 말이 내게는 어울리지 않는 명품 옷을 입은 느낌이었다. 나한테 어울리지도 않을뿐더러 입으면 불편할 것 같은 고가의 명품 옷을 선물받은 느낌이라 살짝 당황했다.

　"네 기준에서 봤을 때, 나는 완벽한 사람 맞아. 잘생겼지, 잘 나가는 의사지, 세계 최초로 줄기세포치료제를 개발했으니 유명한 연구자지…. 그런데 그것만 가지고 완벽하다고 하면 안 돼. 뭔가 가졌거나 소유한 것으로 완벽함을 기준 삼는 것은 오류가 많아. 완벽함이란, 어떤 기준이 아니라 당장의 마음 상태야. 지금이 딱 기분 좋으니까 완벽한 술자리라고 할 수 있지."

　안주만 축내던 아들이 놀란 눈빛으로 나를 쳐다보았다.

　"오! 아버님, 멋지십니다!"

　평소와 다른 내 말투에 아들이 크게 호응하자 아들 친구가 한술 더 떴다.

　"역시! 아버님은 완벽하십니다!"

　　　　　　　　　　　　↑ 옥상 위의 칸트

그 친구가 내 말뜻을 이해했는지는 잘 모르겠지만, 그 친구가 보인 열정은 칭찬해주고 싶었다. 나 역시 젊은 나이에 도전과 극복이라는 상투적인 세상의 기준에 뛰어들어 오늘에 이르렀으니, 그 친구도 분명 그 길을 갈 것이다.

문제는 남들이 닦아놓은 길을 따라가기보다 내가 길을 만들어가는 것이 세상과 덜 부딪칠 수도 있다. 자신만의 길을 간다는 것이 더 힘들고 외롭기는 할 테지만, 원하는 것을 얻었을 때의 성취감은 훨씬 크다. 그날 술자리에서 젊은 친구는 나를 무척 동경하는 눈빛으로 말 한마디 흘려들으려 하지 않았다. 아들 친구 앞에서 성공한 경영자 흉내를 낼 수도 없고, 내 경험이 성공의 법칙이라고 말해줄 수는 없었다. 약간의 참고와 길잡이는 되겠지만, 모든 일은 본인이 알아서 판단하고 결정해야만 한다.

뭔가 대단한 경영 수업을 기대했는지 그 친구는 내가 던지는 농담조차 눈을 반짝거리며 경청했고, 나는 그 친구의 그런 모습이 귀여워 쓸데없는 농담만 실컷 하고 헤어졌다. 현명한 친구라면 무엇이 중요한지 분명 눈치챘을 것이고, 시간이 한참 흘렀으니 지금쯤은 아마 젊은 벤처사업가가 되었을지도 모를 일이다.

그 친구뿐만 아니라 다른 사람들한테도 종종 성공의 법칙에 관한 질문을 받는다. 정말 매력 없는 질문이다. 성공의 법칙이라니? 세상에 그런 법칙을 써먹고 성공한 사람이 어디 있을까. 나로서는 이해되지 않는 표현이다. 어제 내가 살던 세상과 오늘을 사는 세상이 다르고 사람도 다른데, 어떻게 똑같은 목표와 법칙을 모범 답안이라고 내놓을 수 있을까. 생각만 해도 피곤한 일이다.

세상의 부자들을 두고 뭔가 다를 것이란 생각 또한 스스로 차이를 만들고 격차를 만드는 일이다. '죽도록 노력하면 언젠가는 당신도 부자가 될 수 있어'라는 말에 용기를 내어 도전하고 하루를 버티는 사람들이 많을 것이다. 희망을 품어야만 오늘을 견딜 수 있으니 틀렸다고 할 수는 없지만, 지금 가진 것들을 포기하고 희생해서 차지한 내일의 성공과 행복이 무슨 의미가 있을까 싶다.

손자에게 물려주고 싶은
바이올린

열 살 무렵 바이올린을 배운 적 있다. 큰 흥미를 느껴 배우기 시작한 것이 아니라 다양한 경험을 중요시한 어머니의 반강요로 시작했을 것이다. 당시 바이올린을 배운다는 것은 음악적 재능이 있거나 부잣집 자식들이나 해당하는 얘기였으니 나는 후자에 속한다고 할 수 있다.

어쨌거나 나는 그 작은 현악기에서 나는 이상한 소리가 신기해서 자주 바이올린을 들었는데, 선생님 반응은 소질 없는 아이와 시간 보내기식 수업이었다.

그래도 반복 학습의 효과가 있는 듯, 연주회에 나가 상을 받는 성적을 내기도 했다. 해서 그때는 엄마와 아버지, 가족 모두 우리 집안에 베토벤이나 모차르트 같은 음악가가 나오는 것은 아닌지 싶어 기대에 부풀기도 했다. 나도 여러 사람의 환호와 박수를 받으니 우쭐한 기분에 손님이라도 오면 시키지 않아도 바이올린을 들었다. 또 가끔은 꿈속에서까지 바이올린을 들고 어려운 곡을 미끄러지듯 연주해 나 자신도 놀랄 때가 있었다.

그러나 시간이 지나면서 호기심은 바이올린이 아니라 미술로 옮겨 붙었다. 미술은 지금까지도 예사 솜씨가 아니라는 소릴 듣고 있으니, 내 진짜 재능은 음악이 아니라 미술임을 입증한 셈이다. 형이상학적 그림을 그리는 탓에 아무한테도 이해를 못 받기는 하지만, 그림에 집중하고 있으면 나의 잃어버린 세계를 찾아가는 것 같아 묘한 카타르시스를 느낀다. 완벽하게 숨겨져 있던 내 무의식이 선과 색으로 형상화되어 나타나면, 내 안의 또 다른 자아가 정체성을 드러낸 느낌이다. 무의식적 욕망을 선사시대 암각화로 드러낸 것 같은 내 그림을 보고 고개를 갸우뚱하는 관람자를 보는 즐거움도 크다.

소질은 없었지만 어릴 적 내 정서를 풍요롭게 만든 그 바이올린은 지금도 가장 아끼는 물건 중 하나다. 아버지는 바이올린을 켜던 어린 나를 바라보며 무척이나 행복해하셨다. 병원 문을 닫고 지친 모습으로 집으로 돌아와 소파에 몸을 기대고는 "현수야, 한 곡 연주해봐라." 하셨다. 나는 쪼르르 달려가 내 바이올린 상자를 가져와 열었고, 아버지는 지그시 눈을 감은 채로 최고의 연주를 들을 준비를 하셨다. 그런 아버지의 모습이 좋아서 나는 열심히 연주했다.

아버지가 내 연주를 감상하는 건지, 아니면 피곤함에 의식 너머로 사라져 잠에 빠진 것인지는 별로 중요하지 않았다. 내 연주를 청하는 유일한 사람이 아버지라는 사실이었고, 나는 그 앞에서 나름대로 최고의 연주를 선보였다는 것이다.

아버지는 눈을 감고 있다가도 내 연주가 끝나는 타이밍을 기가막히게 알고는 크게 웃으며 박수를 치셨다. 그 아름답고도 아련한 어린 시절을 떠올리면 코끝이 시큰해진다. 닿을 듯 가까운 시간의 부재가 이처럼 빨리 닥칠 줄 알았더라면, 더 자주 아버지를 위한 연주를 했을 텐데, 내 실력에 의심을 품고 하던 연주라 그리 신나서 한 연주는 아니었다.

내 연주를 청하던 아버지는 떠나고 바이올린만 방 한쪽에 덩그러니 남아 있다.

내 아이들도 물론 바이올린을 배웠다. 할아버지의 유품인 바이올린이 있으니 자연스럽게 배우게 되었고, 나는 오래전 아버지처럼 두 아이의 연주를 감상하기를 즐겼다. 그러나 두 아이도 나처럼 음악에 소질이 없는 듯 바이올린을 멀리하였고, 각자의 길을 찾아갔다.

그래서 나는 다시 꿈꾸기 시작했다. 아버지가 남긴 바이올린을 손주한테 물려주자고. 첫째든, 둘째든 누군가 먼저 결혼해서 손주를 낳기만 하면, 나는 정말 좋은 할아버지가 될 것이라고 애들한테 선포까지 했다.

여자 친구가 있는 아들이 먼저 결혼할 확률이 높아서 은근히 기대하며 말했다.

"내가 바이올린을 잘 관리하고 있으니까, 결혼해서 빨리 손주 낳아라."

아들이 기가 막힌다는 표정으로 말했다.

"아빠, 요즘 애들 그런 거 안 좋아해요. 명품 가방이라면 몰라도…."

아들의 말이 서운하지 않았다면 거짓말이다. 내가 소중하게 생각하는 물건을 내 아이들도 그리 생각해주었으면 하는 바람은 과욕인지도 모른다. 추억이 없는 물건은 가치가 덜하다. 물건 값이 아니라 추억의 값이라면, 바이올린은 나와 아버지의 추억이지 내 아이들의 추억은 아니다. 그렇다고 할아버지에 대한 꿈을 포기할 수는 없다.

나는 아이들의 애완견을 볼 때마다 보아란 듯이 큰 소리로 말한다.

"할아버지 왔다!"

이 소박한 꿈이 언젠가는 이뤄질 텐데, 애들은 그리 급한 거 없다는 반응이다.

내가 물려준 바이올린을 켜는 손주의 모습은 상상만 해도 행복하다. 그때는 나도 아버지처럼 소파에 지그시 기대고서 고사리 같은 손으로 활을 움직이는 손주를 바라보고 싶다.

서둘러서 될 일이 아님에도 자꾸 할아버지 소리가 듣고 싶은 걸 보면, 시간에 대한 그리움 탓인 것만 같다. 아버지와 나와 손주를 연결하는 그 시간 위에 과거와 미래를 나란히 세워놓고 싶은 그런 로망이다. 그래서 아들이 연인과 헤어졌다는 소릴 들으면 공연히 화가 나서 투정 부리게 된다.

"잘 좀 하지, 왜 헤어졌냐?"

"헤어진 사람은 나인데, 아빠가 더 난리야."

아들도 내가 힘들어하는 자신 걱정보다 손주 볼 기회가 또 날아가 서운해하고 있다는 사실을 아는 눈치였다.

'너도 늙어봐라, 무엇이 중헌지.'

애인은 또 만들 수 있지만, 손주는 쉽게 얻지 못한다는 걸 아들도 훗날 알게 될 것이다.

FLEX, 나 오늘 돈 좀 썼어!

소비 습관이나 경제관념은 부모의 영향을 많이 받는다. 부모가 검소하고 절약 정신이 투철하면, 자식들 씀씀이도 그리 헤프지 않다. 생활 습관은 성장 환경을 통해서 만들어지기 때문이다. 반대로 지독하게 아끼던 부모를 닮지 않겠다고, 자신은 절대로 그렇게 살지 않겠다고 하는 이도 있긴 하다. 아끼고 절약하는 것도 정도가 있어야지 사람이 비굴해지거나 피폐해질 정도로 쥐어짜면 그런 역효과가 날 수 있다. 그러니까 경제력과 소비력은 딱히 반비례하지도 않고 비례하지도 않는 그냥 개인의 소비 습관이라고 할 수도 있지만, 그 역시 성장 환경의 영향을 배제할 수는 없다.

그러나 자신의 그런 생활 소비 습관이 가끔은 변할 때가 있다. 살면서 만난 큰 시련이나 어떤 깨달음을 얻었을 때 보통 '이렇게 살아서 뭐 하나'라는 회의감과 함께 살아온 시간을 뒤돌아보게 된다. 평생 아껴 쓰느라 변변한 옷 한 벌 못 사 입은 사람은 한풀이라도 하듯 옷 사는 데 돈을 쓸 것이고, 좋은 집과 비싼 자동차를 사 보상심리를 채울 것이다.

나 역시 그랬다. 검소하기 이를 데 없는 부친의 영향을 받아서 솔직히 능력은 있지만, 돈 쓰는 데는 주저함이 많았다. 나 자신한테조차 돈을 쓰지 않았으니 가족들에게도 그리 멋진 가장 노릇을 못 한 것이 사실이다.

어느 날, 몸이 좋지 않아서 병원에 입원하게 되니 생각이 달라졌다. 종일 병실에 덩그러니 누워 있으려니 공허함이 몰려와 견디기 힘들었다. 일 분 일 초를 다투며 환자와 회사만 바라보고 살던 사람이 병실에 갇히니 신경은 예민해지고 남는 시간을 어떻게 써야 할지 난감했다.

내 인생의 목표와 가치가 명료하고 정확하다고 자신했는데, 병실에 혼자 있으려니 갑자기 방향을 잃어버린 것만 같았다. 병원과 회사말고 오롯이 나만 생각할 수 있는 시간인데, 그것 빼놓고는 다른 일에서 즐거움을 찾은 적이 없어 무척이나 우울하고 쓸쓸했다.

그래서 생각했다. 지금까지도 물론 잘 살아왔지만, 앞으로는 더 즐겁고 행복한 일을 찾아서 해보자. 회사와 병원 환자도 중요하지만, 내가 건강한 삶을 살아야 그 모든 것을 지킬 수 있다.

그때부터 나의 소비 습관에 변화가 생겼다고 할 수 있다. 그렇다고 살아온 시간이 있는데, 갑자기 사치를 부릴 수는 없고, 이른바 '아이쇼핑'부터 시작했다. 꼭 필요한 것이 없어도 시장이나 백화점 같은 쇼핑몰을 둘러보는 재미를 알게 되었다. 애들의 소비 습관을 생각해 비싼 물건은 안 된다고 했던 경제관념이 조금씩 바뀌면서 이제는 애들을 위해 쇼핑할 때가 가장 즐거운 시간으로 바뀌었다.

또 자취 경력이 많은 나는 주방용품에도 관심이 많다. 요리의 기본은 손맛이 아니라 주방 기구라는 확신이 들 정도로 주방용품 코너에만 가면 눈을 뗄 수가 없다. 디자인과 색감도 뛰어나고 성능까지 좋은 프라이팬을 보면 사고야 만다. 칼과 도마, 냄비 같은 주방 기구들도 유행하는 디자인과 브랜드가 있다는 사실을 알게 되면서 자주 드나들다 보니 주방용품 코너 아주머니들과도 안면을 트게 되었다.

그들은 내가 무슨 셰프라도 되는 줄 아는 것인지 어느 때는 어설프게 설명하는 내 레시피 강의도 은근히 청취하는 분위기다. 프라이팬 한 개라도 팔기 위한 친절이라는 걸 모르지 않으면서도 기분이 좋은 것은 순전히 나를 위한 일을 하며 즐거워하고 있다는 사실 때문이다.

맘에 쏙 드는 주방 기구를 사 들고 집에 와 요리해 먹는 행복이야말로 가장 원초적인 일인지도 모른다. 그 작은 기쁨을 만들지 못해서 쓸쓸하고 공허함을 느낀 것이다.

요즘 말로 나를 FLEX 할 줄 알아야 나를 지킬 수 있다. 사치와 낭비의 개념이 아니라면, 나와 가족 사회를 위한 건강한 소비도 해야 한다. 아직은 과감한 소비에 대한 거부감이 살짝 있기는 하지만, 일에 미쳐 나를 돌아보지 않던 시간으로 돌아가고 싶지는 않다. 다음 달에 나올 카드값이 신경 쓰이지만, 그래도 쇼핑은 즐겁고 가족을 위한 쇼핑은 더 흐뭇하다.

바지통과 패션의 관계

언젠가 애들이 내 옷차림에 대해 잔소릴 했다. 아저씨처럼 입고 다니지 말고 세련되게 입으라는 것이었다. 한 번도 내가 촌스럽다거나 시대에 뒤떨어진 차림을 하고 다닌다고 생각해본 적 없던 나는 그 소릴 듣고부터 옷차림이 신경 쓰이기 시작했다. 회의가 있거나 중요한 미팅이 있을 때는 양복 차림으로 나가고, 별일이 없는 경우는 병원에 있다 보니 가운이 일상복이었다.

바쁘게 사느라 멋 부릴 틈이 없었다고 해도, 애들은 평범한 아저씨 차림의 내가 싫었던 모양이다. 몸이 안 좋아 치료받고 난 후에는 내가 더 여유롭고 멋스럽게 살기를 바라는 눈치다. 자식이 잔소리하니 귀찮으면서도 기분이 좋았다. 남들 같으면 의례적으로 인사 한두 마디 건넬 뿐이지만, 자식은 다르다. 통 넓은 바지를 입으면 다리 핏이 안 살아 더 나이 들어 보인다고 잔소릴 하는가 하면, 정장 바지보다 진 바지를 입어야 젊어 보인다고 했다.

신발도 시커먼 구두만 고집하지 말고 색깔 있는 캐주얼화를 신어야 멋스럽고, 가끔은 청재킷을 입어 활동적이고 자유로운 모습을 연출하면 실제 나이보다 열 살은 젊어 보인다고 했다.

아프고 나서 살까지 빠졌으니 옷만 잘 입으면 훨씬 보기 좋을 거라는 애들 말을 무시할 수 없어서 조금씩 변화를 갖기 시작했다. 따지고 보면 스타일도 매우 중요하다. 명품으로 휘감지 않더라도 자신만의 개성을 살려 옷을 잘 입은 사람은 뭔가 달리 보인다. 그것도 자기 관리라고 생각하면 더 그렇다.

그래서 요즘은 애들과 가끔 쇼핑하러 간다. 함께 공감하거나 다른 의견으로 신경전을 벌이는 일조차 행복하다. 물론 내 주머니 털릴 각오는 해야 하지만, 자식을 위해서 쓰는 돈처럼 즐거운 일이 어디 있겠는가.

처음에는 익숙지 않은 스타일이 어색했지만, 차츰 자신감이 생기면서 아들이 즐겨 신는 신발이나 옷도 입어보곤 한다. 아무리 사이즈가 같다고 해도 세월의 무게가 달라 영 스타일이 다르지만, 아들이 즐겨 입는 재킷을 입어보고 아들의 신발을 신으면 이상하게 기분이 흐뭇하다.

자식과 함께하고 공유한다는 사실이 마음을 편안하고 따뜻하게 하는 것은 어쩔 수 없는 모양이다.

내가 옷차림에 신경을 쓰기 시작하자 애들도 내게 옷 선물을 해주었다. 달라진 아빠 모습이 보기 좋은 듯 이것저것 입혀보며 저희끼리 깔깔거린다. 애들과 함께하는 그런 소소한 일상이 그처럼 소중하고 행복하다는 걸 뒤늦게 알고 나니, 회사를 키우고 환자를 보고 연구에 매달리는 일들만 크게 보였던 지난 시간이 아쉽기만 하다.

후회하는 것은 아니지만, 더 많은 시간을 가족과 함께하지 못한 아쉬움이 밀려오는 것을 보면 이제야 성숙한 인간이 되어가나 싶어 쓸쓸해진다. 흘러가 버린 세월은 돌릴 수 없으니 이제라도 열심히 사는 것과 즐겁고 행복하게 사는 것의 우선순위를 잘 챙겨볼 참이다.

옥상 위의 칸트

두 아이의 꼬맹이 시절을 놓친 게 아쉬울 때가 있다. 그래서 말인데 얼른 할아버지가 되는 꿈을 세웠다. 안타까운 건 반드시 누군가의 협조가 필요하다는 것이다.

눈을 맞춰야
진짜가 보인다

    프랑스인들에게 독서는 그냥 일상이라고 한다. 특별히 시간을 내어 책을 읽는 것이 아니라 언제 어디서나 펼쳐 볼 수 있는 책이 늘 손에 들려 있어 업무를 보거나 특별한 일이 있을 때 빼고는 항상 책을 읽는다. 프랑스뿐만 아니라 유럽의 다른 나라들도 마찬가지다. 그들의 문화가 앞서고 빛날 수 있었던 것도 그러한 독서를 통한 사유와 사색의 깊이에서 만들어졌다고 생각한다. 인간이 만들어낸 문화유산이 유구하게 흐를 수 있었던 것 역시 책과 독서로 이어지지 않으면 불가능한 일이다.

    파리 지하철을 보고 놀란 것은 여유롭거나 결코 쾌적하지 않은 공간에서조차 많은 사람이 책을 보고 있었다는 사실이다. 특히 백발의 노인들이 독서에 몰입해 있는 모습은 경이롭기까지 했다. 독서에 빠져 시끄러운 세상 따위는 보이지도 들리지도 않는 듯 보이는 그들을 보며 우리 지하철 풍경이 자연스레 떠올랐다. 지하철뿐만 아니라 카페나 공공장소 어딜 가나 우리는 책이 아닌 스마트폰에 열중하는 사람들을 흔하게 볼 수 있다.

디지털 시대에 모든 걸 스마트폰으로 해결하는 것은 당연한 일일 테지만, 사람과의 소통이 모두 작은 기기로 이루어진다고 생각하면 왠지 모르게 서운함이 느껴진다. 눈을 보고 표정의 변화를 통해 상대의 감정을 읽으며 대화를 나누는 것이 당연하다고 생각해서 그런지는 몰라도 함께 있으면서 각자의 스마트폰에만 집중해 있는 걸 보면 익숙하면서도 낯설다. 나만 그런 것은 아닐 것이다. 세대 차이를 느끼는 많은 사람이 나처럼 디지털 문화의 편리함과 낯섦을 안고 살아갈 테니 말이다.

물론 스마트폰으로 독서하는 사람도 많을 것이다. 요즘에는 전자책이 발달해 독서가 훨씬 용이해졌지만, 종이 활자에 익숙한 나 같은 사람 눈에는 여전히 독서는 당연히 종이책이라고 생각한다. 더 많은 책을 볼 수 있고 더 많은 영화를 감상할 수 있는 스마트폰이라는 세상이 있지만, 종이책이 주는 무게감과 향기를 대체하기는 어려울 것만 같다.

부모에 대한 부채감

내 부모님 세대는 식민 통치와 전쟁이라는 혹독한 시절을 살아냈다. 4차 산업혁명을 논할 정도로 빛나는 성장을 해온 우리는 그래서 그들의 땀과 노력을 무시할 수 없다. 그러나 자식과 국가를 우선시하느라 정작 자신을 챙기지 못한 부모 세대를 과연 그 자식들은 무조건 고맙게만 생각할까? 그렇지는 않은 것 같다. 불효자이고 능력이 없어서 부모를 챙기지 못하는 것이 아니라, 변한 세상에 맞춰 사느라 자식들 또한 먹고살기 힘들어졌기 때문이다.

그래서 나는 세상의 모든 자식은 아버지의 과거 인생으로부터 자유로워져야 한다는 생각이다. 자식과 국가를 위해 살아온 부모에 대한 부채감에서 벗어나야만 자신을 챙기며 살아갈 수 있다. 자신을 위한 아무 대책 없이 늙어버린 세대를 자식에게만 책임지라고 한다면, 부모도 자식도 서로에 대한 부채감을 가질 수밖에 없고, 이를 이행하며 사느라 삶의 질이 떨어질 수 있다. 이른바 개인의 행복추구권을 마음껏 사용하기 어렵다는 뜻이다.

사회학자인 송호근 서울대 교수는 『그들은 소리내 울지 않는다』라는 책에서 현재 50대를 살아가는 대한민국의 외로운 아버지 얘기를 했다. 베이비붐 세대 끝자락에 해당하는 나는 시간에 휘둘리지 않고 자신을 지키며 생존할 수 있는 선택이 무엇인지에 대해 크게 공감했다.

베이비붐 세대는 부모를 부양해야 한다는 책임감을 느끼고 있으며 동시에 자식을 제대로 교육해 성공할 수 있도록 도와줘야 한다는 강박을 가지고 있다. 이 때문에 가족과 가장이라는 무게에 눌려 살아갈 수밖에 없다. 직장에서 밀려나거나 은퇴했을 경우의 대비가 전혀 안 된 사례가 많다는 뜻이다. 여유로운 노후생활의 최대 걸림돌은 자녀의 결혼 비용이 가장 큰 비중을 차지했는데, 특히 주거 비용이 문제였다. 살던 집을 처분하거나 가지고 있던 돈을 털어 자식들 결혼 비용에 쓰고 나면 남은 생은 또다시 자식들의 눈치를 봐야 하는 그야말로 악순환이 이어지는 것이다.

그들이 소리 내어 울지 못하는 까닭에는 우리 사회가 이러한 서글픔을 껴안고 살아온 탓이다.

그러나 이제 세상은 변했고 그들의 서글픔을 보상하고 보듬어 줘야 한다고 책임감을 느끼는 자식은 별로 없다. 자식들 또한 변한 세상에서 살아가야 할 방법을 찾느라 그들의 희생까지 챙길 여력이 없기 때문이다.

자식을 위해 무엇이든 희생하고 다 바칠 각오로 살아온 그들이 가장 먼저 후회하는 것이 '자식 다 소용없어, 내 살길은 내가 찾아야 해'라고 한다.

부모가 보상심리 때문에 자식을 위하는 것은 아니지만, 우리는 희생이 클수록 상실감이 더 크다는 사실을 알아야 한다. 기대와 실망은 미소만 다를 뿐 같은 얼굴을 하는 탓이다.

젊은 인구의 감소는 생산과 소비를 심각하게 위축시킨다. 어쩌면 우리 다음 세대의 젊은이들은 세금을 엄청 많이 내야만 할 것이다. 초고령 시대로 인한 생산인력 감소로 노인부양과 복지에 대한 부담이 커졌기 때문이다. 그러나 국가의 복지 시스템도 한계가 있을 테니, 앞으로의 노인 문제는 점점 심각해질 것이다.

전문직에 종사하는 사람들은 그나마 은퇴의 기준을 스스로 정할 수 있으니 다행이지만, 복지의 사각지대에 놓였거나 연금 없는 노후생활을 해야 하는 그들은 소리 내어 울지도 못할 것이다. 그러한 불행이 이어지지 않도록 젊은 세대가 세금 부담과 부양이라는 이중고에서 자유롭게 자기 삶을 챙기며 살아갈 수 있도록 더는 희생과 책임이라는 굴레에서 벗어날 수 있게 해주어야만 한다.

그렇다면, 의사로서 바라보는 우리의 미래와 내 역할은 무엇일까? 건강하게 오래 살게 하는 것이 바이오 생명과학자로서의 할 일이다. 이미 상당한 부분 성공을 거두고 있지만, 난치성 질환, 심장, 간, 뇌신경계 질환을 앓는 환자들이 자신을 돌보며 살아갈 수 있게 하는 것이 사회적 비용을 줄이고, 당당한 삶을 살아가도록 돕는 길이다. 그러자면 생명과학자들이 맘껏 연구하고 임상할 수 있는 국가 시스템이 작동해야만 한다. 아무리 좋은 연구를 개발해도 그 가치를 충분히 입증할 수 있는 제도가 마련되어 있지 않으면 무용지물이 되고 만다. 그렇게 오랫동안 돈과 시간을 들여 개발한 연구가 생명을 살리는 데 쓰이지 못하고 사장되는 걸 보면 과학자로서 무척 안타깝다. 의학 산업의 성장은 국가의 미래 동력이기도 하지만, 생명 윤리를 실천하고 인간의 역사를 만들어가는 데 이바지해야 한다.

기분 전환하기에 옥상만큼 좋은 곳도 없다.

옥상 텃밭은 나만의 갤러리다.

누군가 심었는지 모를 샐러리 같은 채소도 있다.

어느 날인가 샐러리 잎을 따서 씹어보았더니

향긋한 풋내가 입안 가득 고였다.

4장

삶을 공부하는 기쁨

- 나에 대하여 -

나는 왜 일벌레가 되었을까?

　나는 의사라는 직업을 좋아한다. 환자를 보는 일이 한 번도 지겹다는 생각이 안 드는 걸 보면 천직인 모양이다. 환자를 제대로 치료하기 위해서 연구하다 보니 회사를 차리게 되었고, 경영자로 일하다 보니 부족한 부분을 채우기 위해서 또다시 공부에 매달릴 수밖에 없었다.

　가까운 사람들은 무슨 공부를 그렇게 하는 것이냐, 의사는 환자만 잘 치료하면 되고 경영자는 경영만 하면 되는 것이지, 의학과 상관없는 음악, 미술 공부까지 왜 하느냐고 묻는다. 그동안 지겹게 했는데, 육십이 넘어서도 계속 공부라니, 그만 게으르게 살아도 되지 않느냐고 한다.

　나는 내 공부가 늘 부족하다는 걸 알기에 그 부족함을 채우기 위해서 공부한다. 남들보다 더 다양한 지식과 교양이 있다는 자신감이 있다면, 쿨하게 퇴근해서 가족들과 많은 시간을 보낼 텐데, 나는 아직 그렇지 못하다.

환자를 치료하는 데 있어 과학과 의학적 지식은 당연히 중요하다. 그러나 가장 근본적인 삶의 토양이 되는 사고가 부족하면 환자를 제대로 바라볼 수가 없다.

'산다는 것' 그 일이 얼마나 위대하고 수많은 노력과 의지가 담기는 일인지, 살면 살수록 그 한마디의 말에 무거움을 느낀다. 나는 병을 고치는 의사지만, 사는 일의 무거움을 나누고, 이해하고, 거들어주는 사람이 되고 싶기도 하다. 그래서 나는 환자들이 나를 만나고 돌아가서는 잘 살기를 바란다. 그래야 나도, 잘 사는 것 같은 기분이 드니까.

부족함은 늘 상상하게 만들고 이를 확인하고 싶게 한다. 확인하고 증명하기 위해 독서가 필요한 까닭이다. 내 부족함을 채우는 데 독서만큼 좋은 방법이 없기에 습관처럼 찾아 읽다 보니, 솔직히 늘 일의 연장에 있었던 것이 사실이다.

한 친구는 나더러 인문학자가 되지 왜 의사가 되었느냐고도 했다. 엉뚱하면서도 상상력이 풍부해 처음부터 그쪽으로 나갔더라면, 세계적인 철학자가 되지 않았겠느냐고 자주 놀린다. 그 말이 싫지 않은 것을 보면 친구 말대로 진로를 잘못 선택했는지도 모른다. 그러나 나는 환자를 만나 진료하고 치료하는 과정을 대단히 보람 있어 한다. 즐긴다고 하면 오해의 소지가 있지만, 완치되어 기뻐하는 환자를 보는 일이 나를 가장 설레게 하고 살아 있게 한다.

때로는 답답하고 힘든 순간이 더 많지만, 그때마다 좌절하거나 도망치지 않고 방법을 찾으려고 노력했다. 내가 견딜 수 있었던 힘은 순전히 일벌레라는 소릴 들을 정도로 일을 즐기며 했기 때문이다. 일을 어떻게 즐기며 할 수 있느냐고 물을 수도 있다. 일을 일처럼 하지 말고 취미 생활처럼 하면 된다. 일이라고 생각하면 받을 수밖에 없는 스트레스를 줄이기 위해서라도 나는 일과 관련 없다고 생각되는 것들에도 관심을 둔다. 이를테면, 좀처럼 치료 효과를 보이지 않는 환자를 생각하면 스트레스를 받으니까, 그럴 때는 잠시 다른 분야의 책을 읽거나 그림을 그리거나, 음악을 들으며 몸과 마음을 환기하는 것이다.

미래의 삶은 더 단순해지고도 복잡해질 것이다. 단순함과 복잡함 사이에서 나를 지키고 내 일을 보람 있게 하려면 강인한 정신력이 필요하다. 강인함이란 자신을 사랑하는 유연함이라고 생각한다. 언제 어디서든 열린 마음으로 받아들이고 해결하려고 노력한다면, 끊어내거나 부러지면서 당하는 고통에서 조금은 자유로워지리라는 것이 나의 최선이다.

그래도 나를 일벌레라고 놀려먹는 친구들과 잘 지내고 있으니 부정적인 평가를 받는 것은 아닌 것 같아 다행이다. 일도 좋고 공부도 좋지만, 가장 중요한 것은 나를 아끼고 나와 함께하는 사람들과 마음을 나누는 일이다. 그 마음들이 있었기에 지금 이런저런 수다를 풀어놓을 수 있어 늘 감사하게 생각한다.

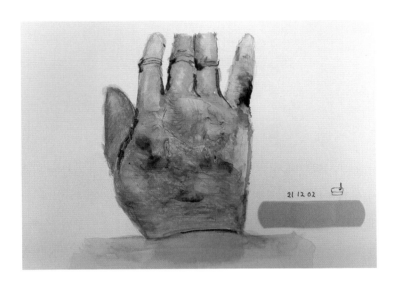

21 12 02

"제 어리석음을 용서하시고 저로 인해 상처받은 이들을 치유해주십시오."
하나님이 들어주실 리 없겠지만, 기도하고 나면 마음이 편안해진다.

열정이라는
여행지를 찾아서

　요즘 사람들에게 여행은 일상이다. 주말이나 연휴기간에 공항이 북적거리는 걸 보면 여행 수요가 얼마나 큰지 알 수 있다. 국내 관광지만 가려고 해도 고속도로 정체 때문에 초입부터 짜증스러울 때가 많다. 좁은 땅덩어리에 인구는 많고 갈수록 질 높은 삶을 추구하는 사람들이 늘어나다 보니 생기는 현상이다.

　하긴 도시의 생활이 얼마나 빡빡하면 시간만 나면 도시를 탈출하려 할까. 젊은이들은 직장에서 받은 스트레스를 풀고자 떠나고, 나이 든 사람들은 남은 인생은 즐기며 살자고 떠나고, 각종 모임이나 동호회는 친목과 취지를 이유로 여행을 떠난다. 밖으로 나가지 못한 이들은 도시의 고급 호텔을 찾아 호캉스를 즐기고 그도 안 되면 쇼핑이라도 해야 그나마 보상심리를 채우고 일터로 돌아갈 수 있다고들 한다.

한편으론 우리가 언제부터 이렇게 경제적으로 자유로워졌나 싶은 생각도 든다. 선진국이 되었다고는 하지만, 내가 보기에 우리 경제는 그리 녹록하지 않다. 발표되는 성장 지표나 지수는 그야말로 숫자에 불과한 것이지, 현장에서 직접 체감하는 경제 상황이 좋지 않다는 것은 모두가 공감할 것이다. 개인의 밥상 물가부터 기업의 글로벌 경제위기까지 따져보면 살 만하다고 하는 사람은 몇 안 된다. 그런데도 시간을 만들어 여행을 떠나고 스포츠를 즐기고 하는 것은 달라진 삶의 태도이거나 사회가 부추기거나 견딜 수 없어서 그럴 것이다.

그러고 보니 나는 언제 여행했는지 기억이 나지 않는다. 지인들 말대로 여행도 가지 않고 골프도 치지 않으면서 산 지 오래되었다. 골프는 시간이 많이 들어 한두 번 거절하다 보니 이제는 골프 치자는 사람이 끊겼고, 여행 역시 바쁘다는 핑계로 나가본 적이 없다.

언제 여행했는지 기억이 나지 않을 정도니 내가 얼마나 일에만 매달려 살았는지 새삼 안타까운 생각이 든다. 애들이 어렸을 때는 그래도 학회를 명분 삼아 경비를 아껴가며 여행하기도 했다. 비행기 삯과 호텔비를 아끼려고 학회가 있을 때만 여행을 떠났을 정도로 풍족하지 않은 생활이었지만, 지나고 보니 그 시간만큼 행복했던 기억도 없다. 여행하면 시간과 돈이 든다는 생각부터 바꿔야 가볍게 떠날 수 있을 것 같다. 꼭 해외로 나가야 할 필요 없고, 5성급 호텔만 고집하지 않는다면 큰 부담 없이 떠날 수 있을 것이다.

진짜 여행자의 태도는 남들이 가지 않는 곳으로 떠나고, 자기 맘대로 세상 눈치 보지 않고 하는 여행이라고 했다. 내가 좋아하는 니체의 얘기를 또 빌리자면 이렇다.

"나는 어디에서도 고향을 찾지 못했다. 어느 도시에서도 정착하지 못하고 성문을 떠나는 영원한 출발자이다."

니체의 말대로 인간은 죽을 때까지 자신의 안식처를 찾지 못할지도 모른다. 살아 있으니 떠나야 하고 떠나는 것이 숙명이고, 결국 우리 여행의 종착지는 죽음이다. 자유에 대한 갈망과 충동은 인간의 생물학적 본능이기에 우리는 항상 영원한 출발지에 서 있는 것인지도 모른다.

갈수록 시간이 여유로워질지도 모른다. 경제 사정도 예전보다 좋아 경비 줄일 방법을 찾지 않아도 된다. 그런데도 나는 선뜻 여행 계획을 잡지 못한다. 떠나고 싶은 갈망과 열망이 사그라들기도 했지만, 자유보다 익숙한 것들과 멀어질 자신이 없다. 늙어감의 증거라고 해도 할 말이 없지만, 딱히 가고 싶은 여행지도 없다. 시간 여행자인 양 추억만을 오갈 수도 없고, 여행을 떠나자고 부추기는 누군가가 있다면 못 이기는 척 자유와 갈망이라는 열정에 다시 사로잡혀 보고는 싶다.

자전거를 타고 우주로

한때 자전거에 빠져 지낸 적이 있다. 자전거의 매력은 혼자 어디든 교통 체증 없이 갈 수 있고, 기름값이 들지 않으니 경제적이고, 은근히 속도감도 즐길 수 있다는 것이다. 맘만 먹으면 번쩍 들고 나갈 수 있으니 주차할 걱정도 없고, 뱃살 빼는 데도 도움이 되어 시간만 나면 미친 듯이 자전거를 타곤 했다.

서울에서 부산까지 가기도 했고, 제주를 일주한 적도 있었다. 혼자 간 적도 있지만, 친구나 회사 직원들과 함께 타는 즐거움이 더 커 자전거 동호회까지 만들었는데, 재미가 없었는지 얼마 못가 흐지부지되고 말았다. 물론 내 체력도 갈수록 약해지다 보니 자전거 타는 거리가 점점 줄어들었고 한동안은 아예 타지도 않았다. 그러다 요즘에 몸이 더 약해진다는 걸 느껴 다시 자전거를 타기 시작했다. 피트니스센터를 다니면서 몸을 만들 수도 있지만, 내 취향은 아닌 듯 선뜻 내키지 않는다. 멋진 몸을 가지면 좋을 테지만, 그 몸을 유지하려고 애쓰면서 살고 싶지는 않다. 술도 먹어야 하고 맛있는 고기도 먹어야 하는데, 체지방 따지면서 스트레스 받고 싶지는 않다. 종일 시간 빼는 것이 싫어서 골프에도 취미를 못 느꼈는데, 자전거는 볼 때마다 매번 설레게 하는 여인처럼 싫증이 나지 않는다.

페달을 밟으며 달리는 기분은 지구 밖의 또 다른 행성으로 가는 느낌이다. 자동차는 입력된 시스템대로만 움직이고 약간의 몸의 기능만 필요로 하지만, 자전거는 내 몸의 전체 에너지를 써야만 굴러간다. 머리와 눈과 피부를 씻기는 두 바퀴의 속도감은 이전의 나를 잊게 할 정도로 상쾌하다. 걷고 뛰는 것보다 몇 배의 힘을 써야 하지만, 몸이 느끼는 카타르시스에 비할 바가 아니다. 균형감각을 유지하려는 몸이 다른 생각이 끼어들 틈을 주지 않는 것이다.

그 달리는 맛을 함께 하려고 한동안 나는 지인들이나 주변인들에게 자전거를 선물했다. 새 자전거를 사주거나 내가 타던 자전거를 선물해주면 처음에는 좋아하다가 몇 번 타고 나면 슬그머니 손사래를 쳤다. 공원이나 한강 변 정도 달릴 거로 생각했는데, 춘천, 양평, 부산, 제주까지 가리지 않고 떠나다 보니 단련되지 않은 사람은 금방 한계를 느낀다.

회사 직원들이나 임원들 역시 마찬가지였다. 처음에는 선물을 받았으니 거절할 수도 없고, 인사치레로 한두 번 함께 타다 쉽지 않다는 걸 알고는, 얼마 지나지 않아 자전거 얘기만 나오면 슬그머니 꼬리를 내린다. 사실 2박 3일 자전거를 탄다는 것은 힘든 일이다. 출발할 때는 의기양양하지만, 시간이 지날수록 체력이 급격하게 떨어지면서 호흡이 빨라지기 마련이다. 오래 자전거를 탄 사람이나 처음 탄 사람이나 큰 차이가 없다. 다만, 한계를 극복하는 방법과 의지가 다를 뿐이다.

자전거를 타는 목적이 체력단련만은 아니다. 타다 보면 체력이야 당연히 좋아질 테지만, 삶에도 균형감각이 필요하듯 어느 순간 잃어버린 마음의 균형을 찾고 편안해지려고 자전거를 탄다. 균형을 잡지 않으면 굴러갈 수 없고 속도를 조절하지 않으면 위험해질 수 있는 자전거 타기야말로 우리 삶의 모습과 다르지 않기 때문이다.

그렇다고 자전거 한 대 선물하면서 잔소릴 할 수도 없고, 나는 그냥 함께하다 보면 저절로 알게 되리라 생각했다. 직원들에게는 자칫 불편함을 줄 수도 있는 제스처일 수 있다는 걸 알기에 자전거를 선물할 때도 전혀 취미가 없는 듯하면 절대 권하지 않는다.

그나저나 내 집에는 아직도 여러 대의 자전거가 있다. 우리 집에 왔던 한 직원은 매우 놀라며 "회장님, 자전거 대리점 해도 되겠어요."라고 말했다.

가을은 자전거 타기 좋은 계절이다. 춘천호를 달리거나 단풍을 보러 가평에 가도 좋다. 아니면 물길 따라 양평이나 여주도 좋다. 진열된 자전거에 올라 페달을 밟아보기도 하고 안장의 높낮이를 조절해보며 예전 코스를 떠올려보지만, 당장 떠날 결심은 생기지 않는다. 예전 같지 않은 몸 탓이다. 그 먼 거리를 어떻게 자전거를 타고 달렸나 싶을 정도로 자신감이 떨어졌다. 이럴 때는 혼자보다 여럿이 떠나면 좋을 텐데, 그 역시 호응이 별로일 것 같아서 선뜻 내키지 않는다.

　그래도 자전거에 대한 미련은 쉽게 가시지 않는다. 세월이 흘러도 잊히지 않는 여인처럼 나를 쉬게 하고 도전하게 하고 당당하게 만들어준 자전거에서 벗어나기 쉽지 않다. 나와 눈을 맞춘 자전거마다 내게 말하는 것만 같다. '나와 함께 떠났던 그곳 정말 좋았지? 그곳은 정말 힘든 코스였어, 나하고 다시 떠나보자, 나 믿지?'

　다시 자전거 동호회를 부활시켜 직원들과 함께 떠나자고 해볼까? 공연히 큰소리쳤다가 예전만 못한 체력으로 젊은 직원들한테 놀림당하면 어쩌지 하는 생각도 잠깐, 나는 벌써 누구한테 자전거를 선물할지 고민한다. 그 친구한테는 내가 아끼는 자전거를 주고 또 다른 친구에게는 새 자전거를 사주고 함께 떠나자고 꼬드겨볼까? 아니면, 회사 단합대회를 자전거 여행으로 규정해버릴까, 생각으로만 그칠 수도 있지만, 마음은 벌써 단풍나무 숲길을 달리는 듯 즐겁고 행복하다.

자전거는 자동차보다 앞서 만들어진 19세기의 탁월한 발명품이라고 알려졌지만, 최초의 자전거는 프랑스 혁명 이후 애들 장난감처럼 만들어진 자전거가 발전한 것이라고 한다.

18세기 후반에 프랑스 귀족 콩트 메데 드 시브락이 두 발로 땅을 박차야만 앞으로 나갈 수 있는 목마 비슷한 자전거를 만들어 세인들의 관심을 끌었다는 이야기가 있다. 엉성했던 이 자전거는 귀족이나 젊은이들의 오락 기구에 불과했지만, 19세기 초에는 자전거의 아버지로 불리는 카를 폰 드라이스 남작에 의해서 더 진화된 자전거가 탄생 되었다. 그 이후 발전을 거듭하여 현재 일반적인 자전거부터 스포츠와 레저 용도의 자전거까지 다양한 디자인에 다채로운 기술이 장착된 자전거가 등장했다.

가까운 미래에는 하늘을 날아다니는 자전거가 나올 것이다. 자율주행 자동차가 나왔고, 하늘을 나는 택시도 나왔으니까, 익룡처럼 하늘을 나는 자전거도 분명 나올 것이다. 페달을 힘차게 밟으며 창공을 가르는 기분은 어떨까, 상상만으로 즐겁다. 그러니까 그때를 대비해서 자전거 동호회를 부활시키자고 하면, 어떤 반응일까?

어느 순간 잃어버린 마음의 균형을 찾고
편안해지려고 자전거를 탄다.
균형을 잡지 않으면 굴러갈 수 없고
속도를 조절하지 않으면 위험해지는 자전거는
우리 삶의 모습과 다르지 않기 때문이다.

냉정하거나 낭만적인

한 지인이 나를 커피에 비유해 풀어주었다. 내가 경영자로 직원들 앞에 서 있을 때는 아이스 아메리카노처럼 차갑고 냉정하고, 환자를 돌보는 의사일 때는 에스프레소처럼 진하면서 독하다고 했다. 그렇다면 자연인 김현수는 어떠냐고 했더니, 카페라테처럼 부드럽고 낭만적이다, 라고 했다.

나를 커피에 비유한 사람은 처음이다. 나에 대해 잘 알고 있다고 생각해서 찾은 비유일 테니 아주 틀린 소리는 아닐 것이다. 그래도 처음에는 그냥 농담 정도로 생각하다가 문득 그 비유의 의미를 가만히 생각해보게 되었다.

그러니까 내게는 세 가지 모습이 있다는 뜻이다. 아니 어쩌면 더 많은 모습으로 사는지도 모른다. 그것이 내 역할이고 책임이

ⓣ 옥상 위의 칸트

기 때문에 어쩔 수 없다고 말하는 것이 아니다. 나는 연출을 위한 연기는 하기 싫어한다. 경영자는 당연히 회사의 운명을 좌우하기에 차갑고 냉정한 태도로 일해야 한다. 감정에 사로잡히거나 부당함에 끌려다니는 것은 경영자의 모습이 아니다. 회사는 개인이 아니라 단체이고 조직이기 때문이다. 설령 돌아서서 후회하고 눈물을 흘릴지언정 정면에서 나를 무너뜨리는 행동을 해서는 안 된다. 당장은 인간성 좋은 경영자 소리를 듣겠지만, 그것이 회사의 발전에 아무 도움이 안 된다면, 곧바로 무능한 경영자로 찍히게 된다.

진하고 독한 에스프레소 같은 의사라? 즐겨 마시지는 않지만, 내가 아는 에스프레소의 느낌은 기분 좋은 쓴맛이다. 혀끝이 맛을 느끼기 전에 홀짝 넘기면 쓰면서도 고소한 풍미가 진하게 느껴진다. 마치 힘든 환자를 진료하고 나서 처방전을 쓴 후 느끼는 기분 같은 것이다.

아무리 고약한 병이라도 환자에게 정확히 알려주고 치료받도록 하는 것이 의사의 몫이기 때문에 독한 소리도 아끼지 말아야 한다. 쓴 약과 쓴소리가 치료에 도움이 된다면, 의사는 언제라도 독할 준비가 되어 있어야 한다.

커피 얘기가 나왔으니 하는 말이다. 내가 좋아하는 음악가 바흐는 커피를 지독하게 좋아했다고 한다. 커피 마니아로 불릴 만큼 시도 때도 없이 커피를 즐기다 보니 주변 사람들이 걱정할 정도였다. 커피의 주성분인 카페인에 중독되었기 때문일 확률이 높지만, 예술가들이 커피를 즐겨 찾게 되는 것은 순간순간 느끼는 스트레스와 긴장감을 풀기 위한 행위이기도 할 것이다. 바흐가 얼마나 커피를 좋아했으면, 〈커피 칸타타〉 같은 음악을 만들었을까. 그는 커피에 대해 이렇게 예찬했다. "커피는 천 번의 키스보다 황홀하고 무스카텔 포도주보다 달콤하다. 커피 말고 나를 기쁘게 할 것은 이 세상에 없다."라고.

예술가들의 커피 사랑이 동서고금을 막론하는 것은 앞서 말했듯이 커피의 기능적 역할 때문이다. 커피를 마셔야만 원활하게 돌아가는 예술적 창작력에 길들고, 그렇게 탄생한 작품에 열광하는 세상에 길드는 것이 예술가의 숙명이라고 한다면, 지인의 말대로 쓰고 독한 에스프레소 같은 것이 인생이라는 말이 맞을지도 모른다.

그렇다면 나를, 김현수를 카페라테라고 말한 이유는 무엇일까? 쓴 커피에 부드러운 우유를 첨가한 것이 카페라테인데, 경영자도 의사도 아닌 나는 그러니까, 아주 빡빡하거나 차가운 인간은 아니라는 뜻인 것 같다. 나름의 해석이지만, 세 가지 모습 중가장 맘에 드는 풀이다.

인간의 양면성은 모든 형용사에 적용된다. 뜨겁거나 차갑거나, 나쁘거나 좋거나, 아름답거나 흉하거나 등 상황에 따른 느낌은 언제라도 변할 수 있으니 절대적인 표현이 될 수 없다.

나는 냉정하고 차갑고 독하고 낭만적이다. 내게 에스프레소 같은 면만 있는 것이 아니라 아이스 아메리카노와 카페라테의 모습이 있다는 것이 참 다행이다. 레지던트 시절부터 따라붙은 '독사'라는 별명이 때로는 피로감을 느끼게 했는데, 지인의 커피 얘기를 듣고부터는 가끔 부드럽고 달콤한 카페라테를 마신다. 내가 얼마나 낭만적이고 부드러운 사람인지 느끼면서 말이다.

청구서가 따라붙는
사회적 직함

비즈니스를 하는 사람에게 명함은 중요하다. 특히 만나는 사람이 초면일 경우에는 명함을 받아야만 알 수 있는 정보들이 있다. 사전에 수집한 정보가 있다고 해도 명함을 직접 받으면 훨씬 믿음이 가기 마련이고, 객관적으로 증명하기도 수월하기 때문이다.

비즈니스로 만난 관계라면, 더더욱 명함에 적힌 정보를 토대로 기획과 전략을 세울 수 있으니 어찌 보면 일로 만난 사람 간의 접근성은 명함이 이어준다고 해도 과언이 아니다.

그러나 명함만으로 상대를 평가하고 판단하다가는 상당한 오류가 생길 수도 있다. 당장의 비즈니스를 위해 가짜 이력을 명함에 적어 다니는 사람들도 있기 때문이다. 소셜미디어가 발달하지 않았던 시대에는 검증할 방법이 없다 보니 거짓 명함을 가지고 다

ⓒ 옥상 위의 칸트

니는 사람들이 많았지만, 지금은 다양한 방법으로 개인의 정보를 취득할 수 있어 쉽게 속이지 못하고 쉽게 속아 넘어가지 않는다.

디지털 세대들에게도 명함은 아직 존재한다. 자신을 맘껏 표현할 수 있는 각종 소셜미디어가 있지만, 정작 일을 위한 만남을 가질 때는 명함을 주고받는 것이 의례적인 인사다.

나는 의사라는 직업말고도 경영자, 연구자, 의과대학 동창회 회장, 이사회 의장, 의료위원회 이사 등 수십 개의 사회적 명함을 가지고 있다. 어느 때는 내가 어떤 명함을 가지고 나가야 하는지 헷갈릴 때도 있다. 도대체 무슨 생각으로 그 많은 명함을 가지게 되었느냐고 묻는다면, 이 또한 내 능력의 범위 안에서 할 수 있는 사회적 봉사라고 대답한다. 한마디로 선한 영향력을 끼치기 위한 나름의 노력과 책임이라고 하면, 오지랖이 넓다고 할 수도 있을 것이다. 그러나 그 어떤 사람도 개인의 능력만으로 성취하고 성공한 사람은 없다. 가족과 친구, 이웃과 사회의 도움으로 공부하고 사회적 인간으로 살아가며 꿈을 이루고 성공이라는 원하는 목표에 도달하는 것이다. 인간은 결코 세상의 도움 없이 독불장군으로 살아갈 수 없다는 뜻이다.

물론 모든 사회적 활동에는 대가를 지불해야 한다. 아무리 좋은 일이라도 맨손으로 할 수 있는 것은 없다. 몸을 써 봉사하든지 경제적 도움을 주어야 한다.

직책을 맡고 며칠이 지나면 어김없이 날아오는 후원금이나 기부금 청구서를 받아서 들면, 마냥 기쁘지만은 않다는 것이 솔직한 심정이다. 돈 내라는데 좋아할 사람이 어디 있겠는가. 직책을 탐해서 얻은 것도 아니고, 그 직책을 이용해서 또 다른 무언가를 얻고자 한 일도 없다. 그런데도 사회가 부탁하는 직책을 외면하거나 거부하지 못하고 받아들인 것은 누군가는 나서서 해야 할 사회적 책임이라는 생각에서다. 혹자는 책임을 맡을 만한 위치와 능력이 있으니 그럴 테지 할 수도 있을 것이다. 그럴 때는 약간의 서운함이 들기도 하지만, 내 삶의 철학 밖에 있는 사람들에게 일일이 설명할 필요는 느끼지 않는다.

서랍 가득 들어 있는 명함은 내가 살아온 역사를 대변한다. 명함이 바뀌거나 새로운 명함을 추가했다는 것은 삶에 대한 열정이 뜨겁다는 의미일 수 있고, 명함 한 장 건넬 사람이 없다는 것은 삶이 정체되었거나 멈추었다는 뜻일 수도 있다. 시간을 내어 받아둔 명함을 한 장 한 장 확인하다 보면, 내가 살아온 시간과 열정을 확인할 수 있다. 누가 알겠는가. 서랍 속에 잠자던 명함 한 장이 큰 행운을 가져다줄지도.

아무리 그래도 더는 새로운 명함을 만들고 싶지 않다. 육십이 넘으면서부터는 눈이 흐려져 삶에 대한 열정도 전 같지 않다. 한마디로 엄살이 늘어 책임감이라는 무게를 견디기 힘이 든다. 중력의 법칙인지도 모른다. 그렇다고 늙은이 행세를 하겠다는 것은 아니다. 나는 충분히 가족과 사회로부터 진 빚은 갚을 생각이다. 청구서가 아니라 내 마음이 감동해서 전하는 초대장으로 말이다.

인생은 방황과
설렘의 연속

스페인 속담에 이런 말이 있다. '항상 맑고 따뜻한 날만 계속되면 이 세상은 사막이 된다. 비도 내리고 바람도 불고 눈도 내려야 기름진 땅이 된다.' 비유한 말이지만 참 듣기 좋은 소리다. 힘들 때마다 이 말을 떠올리면 세상 걱정이 사라지는 것 같다.

살아 있으니 고민하게 되고 살다 보니 방황할 수밖에 없다. 그러나 아무리 좋은 말이나 글귀도 그때뿐이지 돌아서면 언제나 현실의 고민은 본인 몫이다.

어느 시인 말마따나 흔들리지 않는 인생이 어디 있을까. 흔들리고 쓰러졌다가 다시 일어나 살아야 하는 것이 인생이라면, 맞다. 뿌리까지 뽑혀서 죽지만 않는다면, 바람은 언젠가 지나가기 마련이고 눈보라도 계절이 바뀌면 그칠 것이다.

언젠가 한 친구가 저녁나절에 찾아왔다. 진료도 끝났고, 친구와 저녁을 먹으며 술 한잔하려고 병원 근처 중국집으로 갔다. 좀처럼 연락이 없던 친구가 찾아왔을 때는 필시 좋은 일이 있거나 고민거리가 생겼을 수 있었다. 고민이나 상담은 털어놓을 사람이 먼저 입을 열 때까지 기다려주는 것이 예의라 나는 쓸데없는 소릴 해가며 술을 마셨다. 술기운이 돌자 친구가 말했다.

"사업을 시작했는데, 돈이 영 돌지 않아."

친구의 입에서 돈이라는 단어가 나오자마자 나도 모르게 튀어나왔다.

"돈이라고?"

돈이란 단어를 처음 듣는 양 말해놓고 나니 너무 빨리 물었다는 후회가 들었다.

"너한테 돈 빌려 달라는 얘기는 아니야. 너 돈 없다는 것도 알아…."

그 소릴 들으니 공연히 미안해졌다. 돈 없는 나한테 와서 돈 얘기를 한다는 것은 그냥 답답해서 말할 사람이 필요했다는 뜻이었다. 그제야 나는 홀가분한 마음으로 친구를 쳐다보았다.

"걱정하지 마! 금방 풀릴 거야. 그냥 술이나 마시자."

내가 할 수 있는 최선의 위로였다. 신의 있는 친구라 솔직히 여유가 있으면 기분 좋게 빌려주고 싶었다. 걱정하지 말라고 말은 했지만, 내 말 한마디에 친구의 돈 걱정이 사라질 리 없었다.

"그래, 네 말이 맞아, 걱정한다고 돈이 생기는 것도 아니지. 근데, 나 요즘 잠을 못 자서 머리가 다 빠졌어. 처가 돈까지 끌어다 쓰는 바람에 마누라 볼 면목이 없어 집에도 못 들어간다."

그 말을 들은 순간부터 나는 그 친구를 어떻게 도와줘야 하나 고민해야 했다. 안 들었으면 모를까 들었는데 무시할 수는 없었다. 그날은 평소보다 많은 술을 마셨다. 미안해서 한잔 답답해서 또 한잔 마시다 보니, 만취하고 말았다. 집에도 못 들어간다는 친구에게 얼마였는지 기억이 나지 않는 돈을 손에 쥐여 주고는 잘 가라고 손을 흔들었다. 비틀거리며 택시를 잡는 친구의 모습도 쓸쓸해 보였지만, 그렇게 보내고 바라보는 나도 세상사 쓸쓸하기는 마찬가지라며 한동안 서 있었다. 완벽함과 만족함을 느낄 정도로 사는 것은 불가능하지만, 누군가에게 쓸쓸한 뒷모습을 보이거나 답답함을 느끼게 하지 않을 정도는 살아야 한다는 씁쓸함까지 몰려와 집으로 돌아가서도 내내 나를 돌아보게 되었다.

그 밤 그렇게 친구를 보내고 내 일상에 파묻혀 사느라 친구를 잊고 있었는데, 어느 날 또 연락도 없이 그 친구가 병원을 찾아왔다. 아마 2년쯤 시간이 흐른 뒤였을 것이다. 돈 얘기를 하러 왔을 때하고는 전혀 다른 분위기였다. 그때는 뭔가 불안정해 보였는데, 다시 본 친구는 옷차림과 눈빛에 당당함이 배어 있었다. 돈의 힘인가?

"너 좋아 보인다?"

어쨌거나 신수가 훤해서 나타난 친구를 보니 미안했던 마음이 사라지면서 그렇게 반가울 수가 없었다. 친구는 그간의 일들을 빨리 말하고 싶은 듯 내 손을 끌고 예전에 갔던 그 중국집으로 향했다. 나는 농담처럼 물었다.

"또 돈 얘기하러 온 거 아니지? 나 돈 없다."

"야, 걱정하지 마. 은행에서 돈 필요하면 얼마든지 갖다 쓰래."

큰소리치며 농담하는 친구를 보니 그제야 그가 성공했다는 걸 실감할 수 있었다.

"너한테 돈은 못 빌렸지만, 그때 받은 택시비랑 술 한잔이 내게는 큰 힘이 되었다. 그때 네가 술 취해서 나한테 했던 말 생각 안 나지?"

술 취해서 한 말이 어떻게 생각이 나겠는가. 나는 전혀 기억이 안 난다고 말했다.

"짜식아, 엄살떨지 마. 백 살까지 살 건데, 지금부터 엄살떨면 죽어야겠다."

돈 때문에 걱정이 태산인 친구한테 돈은 안 빌려주고 그런 말을 했다니, 기억나지 않는 게 다행이었다. 그러나 친구는 내가 했던 그 모진 말 때문에 정신이 번쩍 들어 더는 누구한테 도움을 요청하지 않았다고 했다. 어떻게든 혼자 힘으로 난관을 이겨나가려고 애를 썼더니 운이 따랐던 것인지 일이 술술 풀리기 시작했다는 것이다. 그러면서 내 독설이 보약이 되었다며 비싼 안주를 추가시켰다. 살면서 내 독설이 약이 되었다고 말하는 사람이 있다니, 처음으로 독설의 가오를 생각하니 기분 좋았다.

사업해본 사람은 늘 돈에 대한 고민을 끌어안고 살아야 한다. 돈이 많다고 사업이 잘되는 것도 아니고 돈이 없다고 사업이 안 되는 것도 아니다. 운도 따라야 하지만, 사업주가 어떤 의지와 생각으로 버티고 헤쳐 나가야 하는지가 가장 중요하다.

당장 돈 몇 푼 도움 받아 임시방편 삼는 것보다 기본과 원칙을 지키며 다시 시작하는 것이 더 회복하기 빠를 수도 있다. 모든 걸 돈으로만 해결하려 한다면, 결국 돈 문제로 실패하는 경우가 허다하다. 사업은 돈으로 하는 것이 아니라 사람으로 한다고 했다. 친구가 내 독설을 듣고 원망하기보다 투지를 다졌으니, 처음부터 될 사람이었는지도 모른다. 그날 나는 독설 값을 톡톡히 받았다.

즐거운 사차원의 세계

홍대 앞에 있는 호미화방은 50년 역사를 가지고 있다. 홍익대학교 미대와 건축 관련 학과 학생들이 주로 이용하지만, 전국에서 미대 입시를 준비하는 수험생이나 아마추어 화가들에게도 호미화방의 인기는 대단하다. 미술 재료의 성지라고 불리는 호미화방이 더 인기가 있는 것은 홍대거리가 젊은이들로 매일 북적거리기 때문이다.

놀거리와 먹을거리가 풍부한 곳에 젊은이들이 모이는 것은 당연하지만, 홍대 거리는 특히 다른 동네와 다르게 젊은이들이 자주 찾는 문화 브랜드로 자리 잡았다. 나도 전에는 홍대에서 만나자는 약속이 잡히면 공연히 설레며 뭔가 멋스럽게 하고 나가야 할 것 같은 기분이었다. 공연 문화도 자리를 잡아 골목마다 공연장이 있고 거리 공연도 활발해서 기분이 가라앉았을 때 홍대 거리를 돌아다니면 저절로 기분이 좋아졌다.

지금은 북적거리는 거리가 그리 편하지 않아 미술 재료가 필요할 때만 호미화방을 핑계로 홍대 거리를 돌아다니는데, 모든 게 때가 있는 듯 예전 같지 않은 기분인 것은 아마 문화적 거리감 때문일 것이다. 젊고 늙음의 관점을 떠나 세대와 시대의 변화를 제대로 읽지 못하는 데서 오는 괴리감 같은 거다. 유행하는 문화를 따라가기 어렵다. 그게 당연한 일인데, 스스로 격세지감을 느껴 그런지 전 같으면 거리를 한참 돌아다니다 마지막에 호미화방에 들렀는데, 요즘에는 특별한 일이 있지 않고는 호미화방부터 찾아간다.

호미화방에서 주로 사는 것은 수채화를 그리는 데 필요한 물감과 붓, 연필, 캔버스 페이퍼 같은 것들이다. 매번 떨어진 화구만 사겠다고 가지만, 화방에 들어가는 순간 마음이 변한다. 새로운 화구가 나왔거나 처음 보는 제품을 보면 그냥 지나치지 못하고 항상 예산을 초과하게 된다. 그래도 원하는 화구를 한 아름 사 들고 집으로 올 때면, 마음이 설렌다.

머릿속은 온통 어떤 이야기를 그림으로 표현할지 구상하기 바쁘고 완성했을 때의 기분까지 미리 생각하게 된다. 미술도 어릴 적부터 교육받은 터라 기본은 알고 있지만, 본격적으로 매달린 적이 없어 성장하지는 못했다. 그래도 음악보다는 소질이 있는 듯 붓을 들면 정신없이 빠져든다. 바이올린도 가끔 켜보긴 하지만, 이내 한계에 부딪혀 추억으로 떠올릴 뿐이다. 하지만 수채화는 다른 것 같다. 뭔가 향기 좋은 매력을 풍긴다.

방문을 열면 책상 위에 펼쳐져 있는 미술 재료에 금방 끌린다. 특유의 물감 냄새와 크기가 다른 붓들, 하얀 종이, 팔레트가 상상력을 자극한다. 음악은 정해진 악보와 정해진 기술로 악기를 연주해야 하지만, 미술은 필요한 도구 말고는 아무것도 정해진 규칙이 없어 자유롭다. 내가 무엇을 상상해서 그리든지 어떤 마음을 그림으로 표현하든지 자유인 것이다.

어느 때는 정물을 그리고 또 어느 때는 내 머릿속에서나 존재하는 무언가를 그릴 수도 있다. 태초의 언어와 기하학적 글자도 내 상상과 만나면 전혀 다른 창작품으로 탄생한다.

내 그림을 보는 견해는 거의 이해하기 힘들다는 거였다. 도대체 무엇을 그린 것이냐고, 난해하기 짝이 없는 그림이라고들 얘기한다. 그런 질문을 받을 때마다 나는 "글쎄, 맞춰봐." 한다.

무엇을 그린 것인지 친절하게 설명하지 않는다. 그림은 특정한 물체를 그리는 것도 중요하지만, 그 물체의 무엇을 표현하고 말하고 싶었는지도 중요하다. 똑같이 그린 꽃이나 나무가 중요한 것이 아니라, 화가가 무엇을 말하고 싶어서 색과 선과 특징을 준 것인지 관찰하고 상상해야 한다는 말이다. 수채화는 우리가 어릴 적부터 가장 많이 그렸던 그림이다. 친숙해서 단순하게 생각할 수도 있지만, 덧칠을 잘못하거나 물의 양을 잘못 조절하면 실패하기 쉬운 그림이기도 하다. 또한 수채 물감은 풍경화나 정물화 등을 표현하는 데 명도 조절이 자유로운 편이다.

예전 화가들은 물감을 자연에서 직접 얻어 만들어 썼다고 한다. 돌가루나 꽃가루에서 얻은 안료를 달걀이나 물에 섞어서 쓰기 시작하다가 15세기부터 기름을 섞어 그리는 유화가 발달하기 시작했다고 한다.

대중에게 잘 알려진 프랑스의 인상주의 화가 르누아르는 풍경화를 아름답고 화려하게 그리기로 유명하다. 그림 전체가 워낙 화사하고 따뜻해서 햇볕을 쬐는 기분이 든다. 이 때문에 르누아르풍은 유럽 사회에서 하나의 문화로 잡았으며, 패션이나 소품 등에서도 수준 높은 인기를 끌고 있다. 수채화로 표현하고 상상할 수 있는 모든 색감의 가능성을 보여준 것이라고 할 수 있다. 햇빛과 바람 소리를 느끼게 하는 것만이 아니라 만질 수도 있다는 착각이 들게 할 만큼 생생한 그림이라니, 나도 죽기 전에 그런 느낌의 그림을 수채화로 표현하고 싶다.

19세기 후반에 활동했던 르누아르나 고흐 같은 화가들이 수채화에서 표현한 감각적인 색과 선의 섬세함은 볼 적마다 다르게 느껴져 감탄하게 된다. 나도 전시회를 열고 싶을 정도로 잘 그리고 싶은데, 없는 재능으로 욕심을 부리는 것은 아닌가 싶기도 하다. 하지만 내가 일이 아닌 무엇에 이처럼 즐거움을 느낀 적이 있었나 싶다. 나를 가장 완벽한 방법으로 표현할 수 있는 수단이 그림이라는 생각이 들고, 그림을 그리고 있으면 현실의 나는 사라지고 상상 속 또 다른 내가 그림으로 형상화되는 느낌이다. 그러나 아직은 대작을 그릴 정도의 수준은 아니다. 한번 붓을 잡으면 좀처럼 자릴 뜨지 않을 만큼 푹 빠져 그리니까, 언젠가는 김현수 풍의 수채화도 회자되지 않을까 싶다. 만일 그런 날이 온다면, 내 그림을 감상한 관람객들은 분명 이렇게 수군거릴 것이다.

"도대체 뭐지? 사람이야 외계인이야! 이차원도 아니고 사차원인가?"

부동산에 묶인
자본의 위험

내가 월세를 산다고 하면 당연히 비싼 월셋집에 살 거로 생각한다. 병원과 회사를 운영하고 있으니 보통 사람보다 돈을 잘 버는 것은 사실이지만, 돈이 부동산에 잠기는 것을 싫어하는 나는 평소 지론대로 수익이 나면 병원과 회사 연구소에 투자한다. 병원과 의학 산업은 끝없는 연구의 결과물이라 투자 한 번으로 끝내기 어렵다. 신약 개발에 쏟는 비용만도 엄청나다. 치료에 필요한 의료 기구 또한 끊임없이 새 제품이 나오거나 더 개선된 의료 용품들이 나오기 때문에 병원이 흑자건 적자건 상관없이 환자 치료에 필요한 것들을 살 수밖에 없다.

그보다 회사는 개인의 것이 아니기에 돈을 맘대로 쓸 수가 없다. 아무리 경영자라고 해도 회사 구조의 투명성을 강조하는 입장에서 사익을 취한다는 것은 위험한 일을 자초하는 짓이다. 경영자의 일거수일투족은 직원들과 환자들의 사정거리 안에 있어 막돼먹지 않고는 함부로 말하고 함부로 행동하는 것을 조심해야만 한다.

물론 회사의 주가가 오르고 수익이 커지면 경영자의 주머니가 불룩해지는 것은 사실이다. 그러나 개인보다 회사와 사회를 더 우선순위에 두는 경영자는 자신의 주머니부터 불리지 않는다. 사회적 책임이 있는 위치에 있는 사람들에게 도덕적 잣대가 더 가혹한 것도 그러한 문제를 항상 염두에 두고 평가하기 때문이다.

사실 우리나라만큼 부동산이 널뛰는 나라도 없을 것이다. 작은 땅덩어리에 인구수가 많다 보니 아파트라는 주거 형태가 탄생한 것은 좋은데, 그 아파트가 부동산의 대표적인 재테크 수단이 되면서 정치와 경제를 흔들고 있다. 정치는 맨 먼저 부동산을 공약하고 사회는 갈수록 부동산으로 인해 우울과 불안에 시달리는 사람들을 양산하고 있다. 해법이 없는 부동산 문제 때문에 가장 큰 피해를 보는 연령층은 20~30세대다. 누구는 몇 푼 안 주고 산 아파트의 가격이 열 배, 스무 배 뛰었다고 하고, 또 누구는 부모의 도움으로 아무 어려움 없이 아파트 한 채를 받았다고 하니, 이쪽에도 저쪽에도 속하지 못하는 이들은 밤잠이 오지 않을 것이 뻔하다.

20~30대는 한창 열정을 다해 일할 나이고 이제 막 사회에 뛰

어들어 적응하기에도 바쁘다. 공부하고 배운 것들을 사회에 펼쳐
보이며 다양한 전문가로 성장해야 할 시기에 어느 지역에 아파트
를 사야 오를까 걱정하게 하는 것은 누구의 책임일까? 그들의 삶
의 목표가 아파트라고, 그것도 재테크를 위해서 집을 사야 한다
는 목표를 세우게 만든 책임을 누가 져야 하는지 생각해보아야
한다. 선거 때는 당장이라도 해법이 있는 양 큰소릴 치지만, 선거
가 끝나면, 어쩔 수 없다는 듯 시장경제의 책임이라고만 말하는
위정자들의 정치철학 또한 더는 믿을 것이 못 된다. 알면서도 우
리 사회의 부동산 투자 열풍이 식지 않는 까닭은 남들처럼 돈 벌
어 가족들과 행복하게 살고 싶다는 인간의 가장 기본인 행복추구
권을 되찾기 위함일 것이다.

도시는 물론 지역까지 빽빽한 콘크리트 숲으로 채워지는 것을
보면 답답하다. 나만 그렇게 느끼지는 않을 것이다. 세상은 갈수
록 더 높고 더 넓은 모습으로 변해간다. 그 속도를 따라잡거나 맞
추지 못하면 부족하거나 열등한 인간으로 비치는 세상이다. 그런
세상을 극복하기 위한 방법은 그들의 속도감을 무시하거나 내 속
도감에 맞춰 살아야 한다.

저마다 생각도 다르고 생김새도 다른데, 우리 욕망의 형태는
크게 다르지 않다는 것이 어쩌면 불행이자 행복이라는 모순인 것
같다.

잘못된 신념

나는 기독교인이다. 매주 빠지지 않고 교회에 나가고 언제 어디서나 하나님을 찾으며 기도하는 성실한 기독교인은 아니지만, 감사와 반성의 기도로 나를 구원받고자 하는 마음은 늘 한결같다. 겉모양새는 얼치기 신자로 보일 수 있을 테지만, 신은 형식보다 내용이 우선해야 한다고 믿는다. 내 분위기가 그런 탓인지 가끔은 내가 기독교인이라는 사실에 의아해하는 사람도 있다. 현대의학을 연구하는 과학자고 까칠하고 빈틈없는 성격 탓에 그렇게 보일 수도 있다.

그렇다고 내 안에 있는 신을 꺼내 보여줄 수도 없고, 절대적이기도 하면서 상대적이기도 한 신의 존재는 그러니까 믿는 사람의 신념이라고 봐야 한다.

세계적인 종교학자 하비 콕스Harvey Cox는 『세속도시』라는 책에서 현대 문명과 세속화에 대한 신학적 전망을 얘기한다. 미국 예일 대학교에서 신학을 공부한 그는 하버드 대학에서 철학박사 학위를 받은 이력까지 있다. 하비 콕스가 현대 종교의 세속화에 대해 주장한 것은 포용성보다 배타성이 강해지면서 극단주의로 흘러간다는 것이다. 1965년에 출간된 이 책이 지금까지 많은 기독교인에게 읽히고 있는 것은 아마 현대인들에게 던지는 메시지가 강렬하기 때문일 것이다.

세상은 종교인이나 사회지도층에게 더 엄격하거나 규범적인 잣대를 들이댄다. 종교인이 사회적으로 지탄받을 문제를 만들면 더 가혹하게 처벌받기를 원하고 그들이 믿는 종교에 실망하며 때로는 그들이 신이 아닌 인간이라는 사실을 잊어버리기도 한다.

반면에 신의 이름으로 정치를 하고 사회활동을 하며 살아가는 사람들은 정말로 자기가 신의 대변자 내지는 중재자라고 착각하기도 한다. 그들의 착각이 사회 혼란을 부추기고 이해집단의 세력을 확장하는 데 이용되어도 쉽게 단죄하기 어려운 것은 왜곡된 종교관을 깨닫게 할 사회적 장치가 빈약하기 때문이다.

잠자리에 들기 전 하루를 돌아보며 기도하면, 조금은 정화된 느낌이다. 복잡했던 마음이 가라앉으며 마음이 평온해진다. 신의 은총은 나 자신이 받아들이고 깨달아야만 얻을 수 있다는 걸, 기도와 찬송은 신을 믿고 찾는 자에게 온전히 응답한다는 걸 매번 느끼게 된다.

하비 콕스는 종교의 세속화는 과학기술의 발전으로 종교의 형이상학적 억압에서 벗어나 내세가 아닌 현세로 탈바꿈하는 과정이라고 한다. 이는 반종교적인 문제가 아니라 인간이 성숙해가는 과정일 뿐이라고, 종교의 세속화가 사회 변화의 선두에 설 수밖에 없음을 설파했는데, 종교철학자로서 가장 신랄하면서도 명확한 분석이라고 생각한다.

종교의 성숙함은 억압과 엄격한 규율이 아니라 세상의 변화에 동참해서 더불어 살아가는 세상을 만드는 것인지도 모른다. 『세속도시』가 남미 해방신학의 발전에 크게 기여한 것 역시 교회가 사회정의를 실현하고 본래의 복음을 회복하자는 주장을 했기 때문이라고 한다.

종교가 권력이 되고 종교인이 권력의 중심이 되는 것 또한 변화의 성숙화 과정이라는 하비 콕스의 말이 조금은 위안이 되기도 하지만, 이 세상이 내가 믿는 하나님의 가르침대로 사랑과 평화가 넘치고 빈자와 부자의 격차가 없는 정의로운 세상으로 변했으면 싶다. 그 변화의 중심에 종교라는 건강하고 성숙한 가르침이 우리를 올바르고 현명한 삶으로 이끌어주길 바랄 뿐이다.

"세속화는 메시아가 아니다. 그렇다고 해서 세속화가 반그리스도도 아니다. 그것은 오히려 위험한 해방이다. 세속화는 위험부담을 높이면서 인간의 자유와 인간의 책임의 범위를 엄청나게 늘린다. 세속화는 그것이 대체하는 것보다 더 큰 수준의 위험을 제기한다. 그렇지만 앞으로의 기대가 위험보다 더 크며, 아니 적어도 한번 모험해볼 만한 가치가 있다."

_하비 콕스,『세속도시』

항상 나 자신이 뭔가 부족한 것만 같다. 그래서 그 부족함을 채우기 위해
책을 읽고, 그림을 그리고, 음악을 듣는다.

세상은 준비하는 자의 것

세상은 갑자기 불확실해진 것이 아니라 원래부터 불확실했다. 그 불확실해진 미래가 갈수록 빠른 속도로 우리 앞에 닥친다는 것이 문제고, 그 빠른 변화를 예측하고 어떻게 대비하느냐는 개인의 몫이다. 앞에서도 말했지만, 세상은 준비하는 자의 것이지 운 좋게 갑자기 주어지는 것이 아니다. 처음부터 재벌이 된 것이 아니라 재벌이 되기 위한 노력과 과정을 준비하고 대비했기에 가능한 일이었다.

성공이라는 결과만 놓고 보면 도저히 불가능한 일로 보이지만, 성공하기까지의 과정을 알고 보면, 도전 의식이 생기는 것과 마찬가지다. 우리가 세상의 수많은 성공 스토리에 감동하고 박수를 보내는 것은 도전과 극복의 과정이지 성공 그 자체가 아닌 것처럼 말이다.

돌아보면 나 역시 불확실한 미래를 뚫고 오느라 크고 작은 시련과 맞서 싸워야 했다. 하는 일마다 잘되고 생각하는 대로 이루어졌다면 솔직히 오늘의 나는 다른 모습으로 살아가고 있을지도 모른다. 대학교수로 은퇴해 연금이나 타 먹으며 편하게 살 수도 있었을 테지만, 나는 그런 삶을 원하지 않았다. 움직이고 도전하고 실행하지 않는 나는 식물 같아서 싫다. 실패가 무섭고 두렵지 않은 것이 아니라, 상상하거나 창조적이지 않은 삶을 사는 것은 한 번도 꿈꿔보지 않았기 때문이다.

많은 젊은이가 미래에 대한 불안감을 가지고 살아간다. 그 또한 젊기에 당연한 일이다. 요즘 같은 세상에서는 설계된 계획표가 있다고 해도 그대로 살아갈 수 있는 확률은 거의 제로에 가깝다. 그만큼 빠르고 예측하기 어려워 차라리 모르고 부딪쳐 해결해 나가는 것이 나을 수도 있다. 물론 자본의 힘과 능력이 있으면 세상을 읽기에 한결 수월할 수도 있을 테지만, 그 또한 불안한 미래라는 전제 앞에서는 고민하지 않을 수 없을 것이다.

『2030년 대담한 미래』라는 책을 쓴 미래를 연구하는 최윤식 교수는 불확실한 미래에서 살아남을 수 있는 세 가지 방법에 관해 이야기했다.

첫째로 인문학적 능력을 키워야 한다고 한다. 인문학이란 사람을 위한 학문이다. 사회적 인간으로 살아가기 위해서는 인간의 내면을 이해하고 파악해야만 소통할 수 있고, 사고를 통해 지혜를 깨닫고 어리석음에서 벗어날 수 있다. 사람을 이해하는 일은 세상과의 소통이고 공감이기 때문에 생존에 절대적으로 필요하다.

두 번째, 불확실한 미래에서 살아남으려면 경제에 관한 정보 능력이 있어야만 한다. 인문학이 사람과 사회에 관한 이해라면, 경제는 생존에 필요한 직접적인 지식이라고 할 수 있다. 소득과 소비, 수익과 지출이라는 개념을 제대로 알아야 현실적인 방법을 찾을 수 있다. 인문학이 정신을 뒷받침해주는 방패라면, 경제는 그 방패로 날아오는 창을 막을 수 있는 능력을 말한다.

그렇다면 불확실한 미래에서 살아남기 위한 세 번째 조건은 무엇일까?

남과 다른 자기만의 능력을 갖추는 것이다. 기업은 신기술 개발이고, 개인은 경쟁력 있는 능력을 개발해 자신만의 브랜드를 만드는 것이다. 제아무리 잘 나가는 기업도 불확실한 미래 앞에서는 한순간에 몰락할 수 있다. 따라서 끊임없는 신기술과 신제품 개발은 기업의 필요 전략이다. 오늘 일등 기업이 내일도 일등하리라 보장할 수 없는 것이 불확실한 미래라서 생존을 위한 전략은 계속되어야만 한다.

요즘처럼 역대급 세계 경제가 바닥인 상황에서 기업은 연구비와 투자를 줄이고 신입사원을 뽑지 않는다. 기존의 직원들까지 구조조정을 하는 바람에 불확실한 미래는 더 불안감을 조성한다.

그렇다고 언제까지 태풍이 지나가기만 기다릴까. 그다음 또 그다음 크고 작은 태풍이 계속해서 불어올 텐데, 언젠가는 지나가겠지 기다리는 것은 지나치게 안일한 태도이다.

인문학적 지식과 경제적 안목을 키우며 자신만의 경쟁력을 길러야 한다. 남들보다 잘할 수 있고 사회가 꼭 필요한 능력을 갖추고 있다면, 닥쳐올 미래가 그리 불안하지만은 않을 것이다. 그런 사람은 자기 능력을 펼칠 기회라고 생각할 수도 있다. 위기가 곧 기회라는 말은 그냥 나온 말이 아닌 것이다.

발명가이자 미래학자인 레이 커즈와일Ray Kurzweil은 2030년에는 사람의 뇌와 Ai를 잇는 인터페이스가 나온다고 한다. 기술이 인간을 넘는 순간이 온다는 뜻이다. 그의 말대로라면 불과 6~7년 후에 일어날 일이다. 어쩌면 이미 일어나고 있는지도 모르지만, 그래도 그 기술을 개발하는 것은 우리 인간일 테니, 대처할 방안과 전략만 있다면 우리 삶이 크게 나빠지거나 부정적으로 변할 것 같지는 않다.

소파와 바흐의 공통점

　병원을 개원할 때 가장 먼저 챙긴 것은 오디오였다. 뱅 앤 올룹슨 스피커는 음질이 좋고 디자인이 독특해서 어느 곳에 세워도 멋스럽고 분위기가 있다. 음악 애호가들 사이에는 이미 뱅 앤 올룹슨 스피커가 제법 알려져 있기도 하다. 성능 좋은 스피커로 음악을 듣는 시대는 조금 지났지만, 그래도 클래식 음악만큼은 울림 있는 스피커로 들어야 그 깊이와 섬세함을 느낄 수 있다.

　진료실에 그 비싼 스피커가 어울리는 것인지 묻기도 하는데, 사람마다 애장품이라는 것이 있다. 애장품은 그야말로 아끼는 물건으로 생물이든 무생물이든 아끼는 사람의 마음과 정이 녹아 있어 분신 같은 존재이기도 하다.

　재산적 가치로 이해하는 사람도 있지만, 그 역시 대상에 대한 마음이 없으면 쉽게 행하기 어려운 일이다. 나는 어릴 적부터 클래식을 자주 접해 다른 장르보다 클래식이 친밀한 편이다. 클래식도 밝고 경쾌해서 감정을 요동치게 하는 음악보다 우울하면서도 사색적인, 잔잔하면서도 평정심을 되찾게 해주는 그런 음악에 더 끌린다. 바흐를 좋아하는 것도 그런 이유다.

요한 제바스티안 바흐Johann Sebastian Bach에 대해 조금 표현하자면, 그는 바로크 시대 작곡가로 모차르트와 베토벤에 이어 가장 뛰어난 작곡가로 평가받는다. 그의 음악적 영향은 아버지와 형제들로부터 받았다. 어렸을 때부터 아버지에게서 바이올린을 배워 교회 성가대원으로 활동했다. 아홉 살에 어머니를 잃은 바흐는 이듬해 아버지까지 잃어 깊은 슬픔에 빠지기도 했다.

형과 함께 살아가던 바흐는 15세 때 독일 북부에 있는 한 기숙학교에 입학했는데, 그 학교의 음악도서관에서 당대 유명했던 작곡가들에 대해 알게 되면서 음악적으로 큰 영향을 받게 된다. 학교 졸업 후에는 대학에 가지 않고 큰 형 집에 머물면서 교회에서 바이올린과 비올라를 연주하며 지냈다. 그곳에서 바이올린의 거장인 요한 파울 폰 베스트호프를 만나게 되면서 재능을 인정받기도 한다.

바흐는 원칙에 대한 고집이 너무 강해서 다른 음악가들과 불협화음이 빈번했고, 이러한 성향은 나이가 들어도 바뀌지 않아서 어딜 가나 갈등이 끊이지 않았다. 아른슈타트 교구와 대립각을 세우면서도 바흐는 부활절을 기념해 칸타타를 연주해 열의를 보였고, 종교음악에 대한 열정으로 생애 처음 자신만의 종교 성악곡인 칸타타를 작곡했다.

그가 라이프치히의 한 교회에서 평생 음악을 할 수 있었던 것은 자신의 재능은 신에게서 얻었으니 신을 위해 음악을 만들고 모든 영광을 신에게 돌린다는 태도 때문이었다. 또한 그가 이룬 대가족을 위해서라도 안정적인 생활이 필요했다.

그러나 바흐가 음악가로 제대로 자리 잡은 것은 1718년, 쾨텐 궁정에서 일할 때부터였다. 궁정에서는 종교음악의 쓸모가 거의 없어 기악곡을 작곡하는 데 열의를 보였다. 당시 바흐는 〈브란덴부르크 협주곡〉, 〈독주 첼로를 위한 모음곡〉 같은 작품을 발표하며 작곡가로서의 수준을 증명해 보였다.

65세의 나이로 세상을 떠나기까지 바흐의 인생도 굴곡이 많았다. 아내의 죽음과 네 아이를 부양해야 하는 가장의 현실적인 무게, 음악적 재능만으로는 소통할 수 없는 문제들 때문에 그는 항상 외롭고 고독했다. 그의 마지막은 바로크 음악의 거장이라는 수식과 함께 막을 내렸지만, 서양 고전음악의 아버지로 통했으니 그리 불행한 생을 살았다고 할 수는 없다.

안타까운 것은 바흐의 음악이 19세기부터 조명받기 시작했다는 것이다. 세상을 떠난 지 80년이 지나도록 그의 음악은 잊혀 있었고, 다른 고전파 작곡가들보다 평가되지 않은 것 또한 우리로서는 불행한 일이다.

바흐는 생전에 많은 종교음악과 협주곡, 관현악을 작곡했다. 〈골드베르크 변주곡〉, 〈요한 수난곡〉, 〈마태 수난곡〉, 〈무반주 첼로 조곡〉, 〈무반주 바이올린 소나타와 파르티타〉 등 신과 군주 그리고 인간에 대해 엄숙하면서도 장중한 음악을 깊고 우아하게 표현하는 음악을 만들었다.

특히 〈마태 수난곡〉은 마태복음에 기록된 예수 수난의 이야기를 주제로 한 음악으로 바흐가 죽은 후 잊혔다가 멘델스존에 의해서 부활하게 되었다. 당시 베를린에서 열린 음악회에 참석했던 철학자 헤겔은 바흐의 음악을 듣고는 눈물을 흘렸다는 기록이 있다. 나 역시 바흐 음악 중 〈마태 수난곡〉과 〈무반주 첼로 조곡〉을 좋아해 자주 듣는 편이다.

진료를 마치고 어둑해질 무렵 피곤한 몸을 소파 깊숙이 묻고 바흐를 들으면, 영혼 가장 깊숙한 곳에서 성스러운 슬픔이 잔잔하게 찰랑거린다. 침잠해 있던 무언가가 잔잔하게 일렁이면서 현실의 고단함이 조용히 평정심을 찾게 하는 것이다. 하루 중 가장 완벽한 공간에서 즐기는 나만의 호사다. 너무 피곤했던 날에는 바흐를 듣다가 곤히 잠들 때도 있지만, 그 시간 나를 위로하고 평화롭게 하는 것은 바흐다.

언제 여행을 했는지 기억이 나지 않는다.

딱히 가고 싶은 여행지도 없고

익숙한 것들과 멀어질 자신도 없어 못 떠나겠다.

시간 여행자인 양 추억만을 오갈 수도 없고.

여행을 떠나자고 부추기는 이가 있다면 못 이기는 척

열정이라는 여행지로 떠나보고는 싶다.

5장

생각을 확장시켜주는 기쁨

— 좋아하는 책 —

루소를 읽는 밤

　나더러 왜 그렇게 어려운 책만 골라서 보느냐고 묻는 사람이 많다. 실제로 그 책을 다 읽기는 하는 것이냐고 묻기도 하는데, 그럴 때마다 나는 안 볼 책을 왜 돈 주고 사겠느냐고 반문한다. 물론 산 책을 처음부터 끝까지 다 보는 것은 아니다. 어떤 책은 천천히 아껴가면서 글자 하나 빼놓지 않고 끝까지 보는가 하면, 또 어떤 책은 목차를 보고 구미에 당기는 페이지만 찾아서 읽기도 한다. 필요한 정보를 얻기 위해서 독서를 하는 사람도 있고, 교양과 지식을 쌓기 위해서 아니면, 습관적으로 책을 읽는 사람도 있을 것이다.

　저마다 다른 독서 취향에 대해 맞다 틀렸다고 말하는 것은 어폐가 있다. 독서도 필요와 취향과 기호에 따라 다를 것이기 때문이다. 남들은 내가 어려운 책만 골라 본다고 하는데, 일부러 어려운 책을 골라 읽고자 하는 것이 아니라, 내 호기심을 자극해 생각을 확장시켜주거나 내가 추구하는 가치와 철학의 세계를 한 단계 더 상승시켜주는 책과 저자에 끌린다.

설령 내가 원한 독서가 지나치게 난해하고 어렵다고 해도 나는 그 책에 대한 호기심을 쉽게 거두지 않는다. 영화나 드라마도 트릭이나 반전이 없으면 밋밋하고 재미없듯이 쉽게 읽어버린 책은 오래 남지 않는다. 어쩌면 연구에 몰두한 시간이 길어서 독서 취향도 집요하게 파고들어야 알 수 있는 책을 좋아하는 것인지도 모른다.

문제는 내 독서 취향이 남들에게도 통할 거로 생각한 거다. 나는 읽어서 재밌었거나 감동적이었던 책은 여러 권 사서 선물하는 버릇이 있다. 독서 취향이 다 다르다는 것을 매번 잊어버리고 내 생각만 하는 것이다. 이를테면, 내가 좋아하는 장 자크 루소Jean Jacques Rousseau나 칸트, 니체, 안창호 같은 이들의 책을 읽고서 남들도 읽으면 좋을 것 같아 선물하는 식이다.

루소의 『사회계약론』 같은 책을 선물해주면 대부분 당황한 표정을 지어 나를 더 당황하게 만든다. 마치 '왜 내게 이런 책을 읽으라는 거지? 나한테 무슨 문제가 있나?'라고 의심하는 눈초리로 바라본다. 책의 두께와 제목만 보고 질린다는 사람도 있고, 골치 아픈 책 말고 쉽고 재밌는 책을 보라며 충고해주는 사람도 있다.

프랑스 계몽주의 철학자이자 사상가인 장 자크 루소를 좋아하는 이유는 양립 불가능한 이상주의자라는 점이다. 인간은 본질적인 자연권, 즉 자유를 주장하면서도 사회적 계약에 기꺼이 예속되려 한다. 그가 『사회계약론』에서 말하고자 했던 것도 자유를 택하면 사회가 주는 이점을 포기해야 하고 사회적 혜택을 선택하면 자유를 포기해야 한다는 것이다. 물질과 정신은 분리할 수 없고 영원히 함께할 수밖에 없는 원리라고 할 수 있다.

『사회계약론』 1권 1장에 나오는 '인간은 자유롭게 태어나지만, 사회계약론에 따라 언제나 쇠사슬에 묶여 있다'라는 말은 21세기를 살아가는 우리에게 기막히게 내린 정의다. 18세기의 사상이 조금도 퇴색되지 않은 채 21세기를 얘기하고 있고, 다음 세상에도 이처럼 정확하게 사회적 인간에 대한 정의를 내리기는 쉽지 않을 것이다. 이성보다 감성을 중요시한 프랑스 낭만주의 기초를 만든 루소의 자유민권 사상은 프랑스 혁명의 사상적 토대가 되기도 했다.

루소의 사회계약론은 어찌 보면 가장 현실적이고 물질적인 것과 정신적인 것의 양립을 놓고 죽을 때까지 고민하고 갈등하며 살아가야 하는 자본주의에 관한 얘기다.

루소의 소설 『에밀』 역시 자연주의 교육론을 주장하는 이야기다. 소설 형식을 빌려 쓴 일종의 교육서로 인간을 인간답게 교육해야 한다고 주장한다. 평생 일찍 여읜 어머니에 대한 동경이 컸던 루소는 자신의 불우했던 유년 시절의 고통을 예를 들어, 문명과 제도가 만든 인간의 타락에 대해 자연주의 교육론을 펼쳤다.

　루소에 대한 후대의 평가는 국가와 사회에 따라 큰 차이가 있다. 여전히 많은 철학자와 사상가, 문학가들에 의해 회자되고 재평가되는 것은 그의 사상과 철학이 절대적으로 필요하고 유효하기 때문일 것이다. 루소의 책은 국내에 장르별로 번역되어 있다. 프랑스 철학 박사들의 루소 연구 해설서까지 붙어 있는 책도 있는데, 18세기 프랑스 사회를 엿볼 수 있어 대단히 흥미롭다. 물론 루소의 글을 다 공감하는 것은 아니다. 현 사회 시스템과 맞지 않는 주장도 많아서 가끔은 괴리감을 느끼기도 한다.

　우리가 인문학에 관심을 가져야 하는 이유는 편식한 사람의 몸이 균형을 잃어 질병에 취약해지는 예와 다르지 않다. 아무리 공부를 열심히 해도 인문학적 소양으로 정신이 단련되지 않으면, 그야말로 멘탈이 약해지기 십상이다. 나 역시 오랜 시간 의학 공부와 연구에 몰두하느라 다른 세상을 바라보는 시야가 매우 좁았다. 그러나 내가 하는 공부가 심한 편식일 뿐이라는 걸 알게 되면서 몸과 마음의 균형을 잡고자 독서를 시작했고, 과도한 냉정과 열정으로 가득했던 내 안에 따뜻한 이성과 낭만이 가득하다는 걸 독서로 확인했다.

　좋아하는 걸 다른 사람과 공유하고 싶은 마음으로 이런저런 책들을 선물했는데, 생각보다 큰 호응은 얻지 못했다. 직원들은 혹시라도 책을 선물해주고 독후감을 써 오라고 하는 것은 아닌 가 걱정했을 수도 있고, 임원들도 오너의 심경에 무슨 변화가 있는 것은 아닌가 눈치를 보았을 수도 있다. 어쩌면 내가 선물한 책을 한 줄도 읽지 않았을지도 모른다. 그거야 받은 사람 마음이니 확인할 수도 없고, 나는 그저 좋은 의미로 선물한 것이니 다른 부담은 갖지 말았으면 싶다. 읽지 않아도 책꽂이에 장 자크 루소의 책 한 권 꽂혀 있으면 뭔가 흐뭇하지 않을까.

'산다는 것은 단순히 호흡하는 것이 아니라 행동하는 것이다' 라고 루소는 말했다. 지상의 살아 있는 생명은 어떤 목적을 가지고 행동해야 산다고 말할 수 있다. 그러므로 오래 사는 것보다 열정적으로 사는 것이 중요하다는 뜻이다.

루소는 우리에게 인생의 교훈이 될 만한 많은 명언을 남겼다. 그중에서 나는 '양심은 정신의 목소리이며, 열정은 육체의 목소리이다'라며 정신과 육체의 단련이 인생을 성공으로 이끄는 데 가장 중요하다는 말에 깊이 공감한다.

지혜의 돛대 위에서
니체와 함께

프리드리히 니체Friedrich Wilhelm Nietzsche를 제대로 읽는 것은 어렵다. 다른 철학서들도 마찬가지겠지만, 한없이 지루하고 난해해서 페이지를 넘기기가 쉽지 않다. 그런데도 책장을 펼치지 않고는 견딜 수 없어 또다시 펼치기를 반복 또 반복하며 읽곤 한다.

니체는 왜 페르시아의 전설에 나오는 예언자(자라투스트라)를 대놓고 주인공으로 삼았을까? 니체는 고대의 예언자가 도덕적 선악의 창조자라고 생각했다. 기독교의 핵심을 이루는 도덕이 사람의 성실함을 더 발달시켰다고 주장했다.

그의 초인 사상의 근본은 그러니까, 현대의 허무주의적 상황에서 도피하지 않고 자기만의 방식을 실현해 나가는 것이라고 할 수 있다. 한순간이라도 충실하게 살아가야 비로소 진정한 내 것이 되고 허무주의를 극복할 수 있다고 긍정적으로 얘기한다.

그렇다면 '신은 죽었다'라고 말한 니체는 누구인가, 궁금하지 않을 수 없다.

니체는 독일 출생으로 목사의 아들로 태어났다. 다섯 살 때 아버지가 죽고 외갓집에서 자랐는데, 집안에 남성보다 여성들이 많은 탓에 니체의 성격은 섬세하면서도 감성적으로 변했다.

니체가 천재성을 보인 것은 여덟 살 무렵 작곡을 하고 자서전을 쓰면서였다. 성경을 줄줄이 외워 꼬마 목사라는 별명을 붙여줄 정도였던 그는 사춘기부터 대학 시절까지 술과 여자에 빠져 방탕한 생활을 하였다. 당시 독일의 본 대학 신학과에 재학 중이던 니체는 시가지를 빌빌거리다 헌책방에서 쇼펜하우워를 만난다. 『의지와 표상으로서의 세계』라는 쇼펜하우어의 책을 읽게 된 니체는 철학에 눈을 뜨게 되고, 그리스 고전 문학에 몰두하기 시작한다.

스물네 살에 스위스 바젤 대학 고전어 교수로 있던 니체는 프로이센 군으로 복무하던 중 말과 부딪치는 사고로 크게 다쳐 제대했고 이후 뇌질환을 앓게 되어 결국 1900년, 56세의 나이로 세상을 떠난다.

'도덕은 허구이고, 신은 죽었다'고 외친 니체의 글에 공감하는 사람은 당시에 없었다. 이 때문에 그는 지독한 고독에 빠져들었고, 서구 기독교 전통을 철저하게 부정했다. 니체의 새로운 가치는 폐허 위에 새로운 도덕을 세우는 것이라고 했다. '추락은 곧 상승이고 파괴는 곧 건설이다'를 뒷받침하는 새로운 가치를 주장한 것이다.

그의 반기독교 사상은 기독교인들에게 적개심을 불러올 정도로 크나큰 비판을 받았지만, 그것은 니체의 사상을 제대로 알지 못해서일 수도 있다. 나도 하나님을 믿기에 니체를 알기 전에는 의문과 반감이 있었다. 그러나 세속화되어가는 세상의 가치가 우리를 죽이고 있고, 형식주의에 빠진 기독교인들이 각성하길 바라는 그의 주장을 부정할 수 없었다. 세상의 모든 가치는 이용하는 사람의 입맛에 따라 호불호가 갈릴 테지만, 니체가 『자라투스트라는 이렇게 말했다』에서 언급한 내용은 두고두고 가슴에 남아있다.

"날고 싶다면 먼저 서는 것부터 시작해서 걷고, 달리고, 오르고, 춤추는 법을 배워라. 나는 줄사다리 사용법을 익혀 창문에 올라갔고, 높은 돛대에도 가볍게 올라갔다. 높은 지혜의 돛대에 머무는 것은 나에게 큰 행복이었다."
_니체,『자라투스트라는 이렇게 말했다』

나는 냉정하고 차갑고 독하다는 소리를 듣는다. 그림을 그릴 때는 그럴 필요가 없다.
다른 모습이 있어서 다행이다.

시대를 뛰어넘는 지식과 지혜
안창호

도산 안창호 하면 보통 독립운동가로만 기억하지, 그의 생애 전반에 대해 아는 사람은 그리 많지 않다. 일반적으로 안창호는 그냥 역사의 한 페이지를 장식한 사람이거나 필요 때문에 정보를 찾아보는 정도의 인물로 우리 기억에서 조금씩 잊히고 있다. 그러나 나는 『도산 안창호 일기』 책을 통해 그의 생애를 알고 나서는 우리에게도 장 자크 루소 같은 사람이 있다는 사실에 놀랐다.

동시대 사람도 아니면서 안창호의 사상에 공감하게 된 것은 루소가 『사회계약론』에서 주장한 사상들과 겹치기 때문이다. 내게는 객관적이고 학문적인 차원에서 그 둘을 논할 능력은 없다. 하지만 나만의 공감력이라고 해도 한 세기의 격차가 있는 두 인물의 주장에 무려 두 세기를 지나고 있는 지금의 내가 공감하고 놀라워하는 이유는 무엇일까?

평안남도 대동강 하류 쪽에 있는 도롱섬이라는 곳에서 1878년에 태어난 안창호는 어릴 적 경험한 청일전쟁을 보고, 힘없는 민족이 당하는 수모와 고통을 알게 되었다. 본래 총명했던 그는 이 깨달음으로 국가와 민족을 위해 일하겠다는 의지를 심게 되었다.

열아홉이 되던 해, 그는 독립협회에 가입하고, 평양에 독립협회 관서지부를 결성하여 만민공동회를 개최한다. 탁월한 웅변가이기도 했던 안창호는 사회 세력을 결집하기 위해서 미국 유학을 결심하였으나, 열악한 교민 사회를 보고는 공부를 포기하게 된다. 이후 공립협회를 만들어 교민 지도에 앞장서고, 『공립신보』를 발행하여 교민들의 의식을 일깨우는가 하면, 민족의 단결을 도모한다.

당시 대한민국의 상황은 몹시 위태로웠던 터라, 도산은 나라를 위한 일에 앞장서고자 귀국하기로 마음먹는다. 그가 귀국해서 한 일은 독립전쟁 준비와 국권 회복을 위한 방법을 찾고자 신민회를 조직해 활동하는 것이었다. 그는 신민회를 통해 전국의 애국지사들을 모으게 되면서 독립운동의 원동력을 마련했다.

또한 해외 한인들을 결집하기 위해서 1913년 흥사단을 조직하여 독립운동의 간부들을 양성하기 시작했다. 당시 흥사단은 미국은 물론 중국과 국내 회원을 상당수 확보해 활동하였다. 1918년에는 교민들의 독립운동 열기가 고조되면서 상해에 임시정부를 세워 첫 국무총리대리를 맡기도 했다. 당시 상해 말고도 해주와 서울 등에 임시정부가 세워져 안창호는 이를 하나로 통합하려 했으나 논란이 많아지면서 임시정부 통합은 끝내 불발되고 말았다.

다시 상해로 간 도산은 좌우합작 운동을 펼쳤으나 또다시 실패하면서, 중국에서의 독립운동계는 민족주의자들의 한국독립당과 사회주의자들의 한국독립운동자동맹으로 나뉘는 불협화음을 내었다. 그러나 임시정부를 비롯해 모든 민족주의 단체들은 도산의 뜻을 대부분 그대로 계승하였다.

1931년, 본격적인 반일 투쟁을 시작한 도산은 윤봉길의 의거 여파로 일본 경찰에 체포되어 서울로 끌려오게 되었다. 4년 반이라는 수감 생활로 병을 얻어 쇠약해진 그는 1938년 향년 59세로 파란만장했던 일생을 마감했다. 대한민국의 독립운동가이자 교육자, 정치가였던 그는 끝내 광복을 보지 못했다.

도산 안창호가 반일 투쟁을 위한 독립운동가 알려진 것은 지극히 일반적인 사실이지만, 그의 교육사상과 사회사상이 무엇이었는지는 크게 알려지지 않았다. 안창호의 교육사상은 덕德과 체體, 지知와 무실務實, 역행曆行, 충의忠義, 용감勇敢으로, 근대적 민주시민을 양성하는 데 목적을 두었다. 말이 아닌 실천에 의지를 보여야 하고, 사람에 대한 신의와 두려움 없는 용기를 가지고 나아가야 독립을 할 수 있다는 의지의 표명이었다. 그의 사회교육 운동을 대

ⓝ 옥 상 위 의 칸 트

표하는 인격 개조론은 '교육을 통해서 바뀌고 깨어나야 한다'는 의식 운동이었음을 알 수 있다. 안창호가 청년학우회와 동명학원 같은 교육 단체를 통해서 주장한 것도 그러한 뜻이었다.

안창호의 이 같은 사상은 18세기 장 자크 루소의 영향을 받은 듯하다. 루소의 소설 『에밀』을 보면 근대 사회의 부패 원인은 자연권을 보장하지 않는 사회문제 때문이고, 그런데도 희망과 애정을 잃지 않아야 하는 것이 인간의 삶이라고 얘기하고 있다.

우리가 주장하는 권리에는 모든 생명이 포함된다. 루소와 안창호는 어른뿐만 아니라 아이들까지 소중한 인격체임을 알아야 온전히 성숙한 인간으로 성장할 수 있다고 했다. 또한 나를 먼저 사랑해야 남도 사랑할 수 있고, 생명에 대한 애정이 없으면 죄를 짓는 것이나 마찬가지라고 했다. 생명 사상이 평화론과도 맞닿아 있다는 이유다.

생명의 가치는 평화만이 지킬 수 있으며 사회교육을 통해서 평화에 대한 정의를 올바르게 심어줘야 한다고 역설한 안창호를 통해서 루소를 떠올리고, 루소를 통해서 안창호를 떠올린 것은 그런 평범한 진리를 우리가 간과하거나 다른 것을 더 중요시해 잊고 살아가는 안타까움 때문이다.

나 역시 알면서도 실천하고 행동하지 못하며 살아가고 있다는 생각이 들 때마다 부끄러움을 느낀다. 아무리 큰 사상과 철학을 가지고 있더라도 내뱉기만 하고 실천하지 못한다면, 썩은 지식과 다름없다. 올바른 지식과 지혜는 시대를 뛰어넘어 오늘을 살아가는 사람들에게 전해지기 마련이고, 책꽂이에 꽂힌 책들은 언젠가 말할 것이다.

"읽지 않고 그냥 버릴 거면 왜 샀냐? 읽고 느끼지 않을 거면 왜 읽었냐? 느꼈으면 실천해야지 뭐 하러 읽었냐?"

나를 아끼고 나와 함께하는 사람들과 마음을 나누는 일을 가장 중요하게 여긴다.
지금 이런 이야기를 풀어놓을 수 있는 것도 감사한 일이다.

누군가는 이성을
누군가는 비이성을

니체는 이성은 비이성과 광기로부터 기원했다고 했다. 플라톤은 세계를 현상계와 이데아계로 이분화했지만, 니체는 이를 반대하며 '대지에서의 삶을 사랑하라'고 주장했다. 현실적 삶에 불만을 토로하는 이들을 비판하였으며, 절대적 가치를 인정하지 않았다. 국가주의와 민족주의를 철저히 비판하며 살다 병을 얻어 생을 마감한 니체의 가치는 절대적일 수 없는 것들에 대한 애정이다.

유한한 존재들이 무한을 꿈꾸며 절대적 가치를 주장할 때, 비이성적 폭력과 권력이 등장한다.

이성은 곧 상식이다. 상식이 통하지 않는 사회에서는 광기에 사로잡힌 비이성주의자들이 득세하기 때문이다. 니체의 절대적 가치는 이러한 폭력 사회의 위험성을 경고하며 자연으로의 초월적 삶을 꿈꾸라고 얘기한다.

나는 꿈이 많다는 것은 '현재를 그리 만족하지 않는다'라는 뜻이라 생각한다. 불평불만을 가진 사람이 많다는 것은 세상이 그만큼 시끄럽고 위험하고 비상식적이라는 뜻이고, 니체가 살던 세상이나 내가 살아가고 있는 세상이나 여전히 변함없다는 뜻이기도 하다. 니체가 절대가치를 부정한 것도 세상은 영원히 변하지 않을 거라는 걸 알았기 때문인지도 모른다.

우리가 절대가치에 맞서는 일은 이성으로 비이성을 상대할 것이 아니라, 비이성을 제지하고 제압하는 힘을 키우는 것일 수도 있다. 폭력은 폭력으로, 눈에는 눈이라고 생각할 수도 있지만, 상식과 대화가 통하지 않는 세상과 맞서려면, 민주적 가치만이 답은 아닐 것이다.

기업은 분위기가 수직적이면서 수평적이어야 잘 돌아간다. 지나치게 수직적이면 권력의 힘이 작용한 것이고, 지나치게 수평적이면 자유를 빙자한 무책임이 작용한 것이다. 아랫사람과 윗사람이라는 수직적 구조로 직원들을 대하면, 그야말로 위선의 절대가치가 자리 잡는다. 경영자는 권위와 권력의 상징이 되고, 직원들과 임원들은 아첨과 복종에만 신경 쓸 것이다.

그렇다면, 회사의 직급을 모두 없애고 알아서 일하고 알아서 책임지라고 하면 어떨까? 실행해보지 않았으니 속단할 수는 없지만, 분위기가 그리 나쁘지는 않을 것이다. 윗사람 눈치 볼 일도 없고 경쟁할 상대도 없으니 당장은 자유롭고 편할 것이다.

그러나 알아서 일하고 책임지라는 것은 민주적인 회사 구조가 아니라 조직의 절대가치를 인정하라는 의미이기도 하다. 회사는 직원을 보호하고 책임져야 할 책임이 있는데, 그 책임을 직원한테 전가하겠다는 것은 자율권을 보장해주는 것이 아니라 보이지 않는 절대가치를 조종하겠다는 뜻일 수도 있다.

특히 인사권을 쥐고 있는 경영자라면, 그 절대가치를 어떻게 써먹을 것인지 고민하게 마련이다. 물론 시키지 않고 말하지 않아도 자기 일을 척척 잘 해내는 직원들만 있다면 니체까지 들먹이며 되지도 않는 주장을 펼치지 않을 것이다. 불평과 불만을 표시하지 않아도 세상이 언제나 평화롭게 흘러간다면, 절대 군주도 필요 없을 테고 국가주의와 민족주의를 부르짖으며 세상을 시끄럽게 하지 않을 것이다.

하지만 우리가 사는 세상은 앞에서도 언급했다시피 지구가 멸망하지 않는 이상 항상 시끄럽고 위험하고 폭력적일 수밖에 없다. 그러기에 누군가는 이성을 이야기하고 또 누군가는 비이성에 대해 목소리를 높일 것이다. 나는 그 모든 것이 균형이고 양면이라고 생각한다. 두 축과 양면이 존재해야만 균형을 이룰 수 있고, 그 균형의 힘으로 세상은 무너지지 않고 버틸 수 있으니, 나는 니체의 절대가치 부정에 공감하기도 하고 공감하지 않기도 한다.

결국에는 살아가는 태도와
의지의 문제

 『셈을 할 줄 아는 까막눈이 여자』는 『창문 넘어 도망친 100세 노인』을 쓴 스웨덴 작가 요나스 요나손Jonas Jonasson의 장편소설이다. 남아프리카 공화국의 빈민촌에 사는 흑인 소녀가 주인공이다. 놈베코라는 소녀는 마약중독자인 엄마를 대신해 분뇨 통을 나르며 생계를 책임지느라 글을 읽지도 쓰지도 못하지만, 셈을 잘해 능력을 인정받는다. 엄마가 죽자 소녀는 동네 책벌레 노인에게서 글을 배우게 되는데, 어느 날 강도의 습격으로 노인마저 죽게 된다. 하지만 소녀는 노인이 숨겨놓았던 다이아몬드 수십 개를 챙겨 빈민촌을 떠난다.

 요하네스버그에 도착한 소녀는 도서관으로 가던 중 교통사고를 당하여 중상을 입게 되는데, 다이아몬드를 챙긴 것이 들통나

유죄를 선고받는다. 한 연구소 엔지니어의 잡일을 도우라는 봉사 명령을 받은 소녀는 11년 동안 그곳에 갇혀 시간을 보내는데, 소녀의 수학적 능력은 엔지니어를 돕는 데 큰 힘이 된다.

재밌는 것은 그 엔지니어가 연구해 만든 것이 핵폭탄이라는 사실이었다. 핵폭탄이 아파르트헤이트와 이스라엘 모사드 요원들의 타깃이 되면서 소녀와 엔지니어는 도피의 여정을 떠날 수밖에 없었는데 그 와중에 엔지니어는 교통사고를 당해 죽고 이스라엘로 빼돌리려던 핵폭탄이 육포상자와 뒤바뀌는 문제가 발생한다. 소녀는 핵폭탄을 가지고 도피해야만 하는 웃지 못할 상황에 빠지고 만다.

이야기는 여기서 끝이 아니고 후반부로 갈수록 더 흥미롭게 전개된다. 나는 까막눈이 소녀 놈베코의 삶에 대한 대처 방식이 좋다. 흑인 구역의 가난한 소녀가 파란만장한 삶을 극복하고 마침내 한 나라의 정상들까지 자신의 인맥으로 만들어 행복한 결말을 이루었다는 것은 다소 진부한 성공 스토리 같지만, 극복의 과정을 상상을 초월하는 모험과 유쾌함으로 풀어냈다는 것에 큰 흥미를 느꼈다.

살아가는 방식의 차이는 있다. 어떤 문제를 해결해야 하는 상황에 놓여 있을 때, 누군가는 고민하느라 밤잠을 설치고도 해결 능력을 보여주지 못할뿐더러, 자신의 무능력함을 절대 인정하려

들지 않는다. 그런 사람은 대체로 자신을 탓하기보다 문제를 내준 사람을 원망하거나 세상에 대한 불만을 드러내기 십상이다. 세상이 잘못해서 자신이 이 모양으로 살고 있다 생각해 좀처럼 자신을 변화시키려 하지 않는다.

그러나 문제 해결 능력은 조금 떨어져도, 문제 해결을 위해 적극적이고 늘 긍정적인 사람이라면 누군가를 원망하거나 세상 탓을 하기보다 자신의 문제점을 개선하려고 노력한다. 무엇보다 문제를 대하는 자세가 아무리 어렵고 힘에 부쳐도 밝고 긍정적이라면 도움받기가 쉽다. 어떤 상황을 극복하는 데 있어 혼자만의 힘으로 해결하기는 어려운 세상이다. 하지만 도와주는 사람이 있다면 훨씬 빠르고 쉽게 해결할 수 있다. 능력을 우선시하는 세상 같지만 결국은 살아가는 태도와 의지의 문제라는 뜻이다.

『셈을 할 줄 아는 까막눈이 여자』의 소녀는 자신의 불행에 주저앉지 않고 닥친 상황을 이용하여 벗어나는 데 성공한다. 그것도 아주 기발한 방법으로 도전을 즐기듯 세상과 맞서 싸우면서도 자신의 정체성은 잃지 않는다. 매사 죽겠다고 징징거리기보다 살겠다며 유머를 잃지 않는 사람들에게 세상은 관대한 편이다.

경제학자들은 점점 심해지는 양극화가 신자유주의 때문이라고 한다. 부의 불평등이 양극화를 만들어 부가 소수의 사람에게 치중되고 있음을 걱정하는 것이다. 분배의 문제는 결국 수익률 구조로 이어지고 양극화라는 사회적 불평등을 만든다. 이러한 사회

적 체제와 산업구조 속에서 살아가려면, 우리의 사고방식도 달라
져야 한다. 불평등과 맞서려면 불평등을 밟고 일어서거나 함께
살아가기 위한 방법을 찾는 수밖에 없다.

전쟁은 첨단 과학
기술의 시험 터

군사 소설을 전문으로 쓰는 톰 클랜시Thomas Leo clany Jr.의 대표작은 『붉은 폭풍』이다(래리 본드와 공동 집필). 우리나라에는 1989년에 번역되어 나왔는데, 구소련과 NATO의 전쟁 이야기다. 이 책이 다시 인기를 끌게 된 것은 최근에 벌어지고 있는 러시아와 우크라이나 전쟁 때문이다.

『붉은 폭풍』 안에서 줄거리를 대략 간추리자면, 소비에트 연방의 정유 시설이 이슬람계 테러리스트들에게 공격당하는 사건이 발생한다. 많은 양의 기름을 못 쓰게 된 소련 연방은 경제난이 심화되면서 방법을 찾는데, 소련 수뇌부는 석유를 확보하기 위해 걸프만 일대를 점령하고 이를 위해 NATO를 제압하려 유럽에서의 전면전을 계획한다.

기갑부대로 서유럽을 단시간에 점령한 소련은 전략대로 석유를 차지하게 되지만, 곧바로 NATO의 반격을 받게 된다. NATO가 소련의 전쟁 준비를 눈치챈 것이다. 미국의 정보력 덕분이었다. 완벽한 계획경제를 추구하는 소련이 배터리와 기름이 부족해 트럭들이 멈춰 서 있는 것을 이상히 여긴 미국 정보원들은 소련이 전쟁 준비를 하고 있다고 판단했다. 그래서 미국은 인공위성을 통해 여러 정보들을 모으고 소련을 추적해 전쟁의 징후를 알아내게 되었고, 그 결과 일련의 정황과 맞아떨어짐을 밝혀내게 되었다. 결국 NATO의 반격으로 전쟁은 실패로 끝나게 되고 소련은 내부의 쿠데타로 정권 교체가 이뤄짐과 동시에 정전 협정을 맺으며 전쟁이 끝난다.

톰 클랜시는 이 책에서 전쟁에 쓰인 다양한 무기들을 보여주는 데 주력했다. 사실 밀리터리 게임이나 군사 분야에 관심 있는 남성 독자들에게 호응을 가장 많이 얻은 부분도 전쟁에 쓰였던 무기였을 것이다. 에이브럼스 T-80, 칼빈슨 688급, 브래들리 A-6, 톰캣, 이글, 팔콘, 재규어, 22형 구축함 등 나로서는 상상하기 어려운 무기들이 소설 속에 나온다. 실제로 존재하는 무기인지는 알 수 없지만, 대부분이 당시 소련과 NATO의 전쟁에 쓰였다고 한다. 군사 전문가보다 더 많은 지식과 정보를 담고 있는 톰 클랜시의 소설이 주목받는 것도 그가 예측한 신냉전 시대의 예고 때문이다.

소설이 나온 지 벌써 30년이 넘었고, 소련 연방이 해체되면서 냉전 시대가 종식되었지만, 제2차 세계대전 이후 민주주의와 공산주의 두 축으로 질서가 바뀌면서 미국과 소련의 냉전체제로 세계는 또다시 두 강대국의 영향을 받지 않을 수 없게 되었다. 미국과 구소련을 대표하는 러시아의 대립은 유례없는 사건을 만들며 지금까지도 이어지고 있고, 세계의 문화 예술은 물론 정치적으로도 영향을 받지 않을 수 없게 되었다.

『붉은 폭풍』이 말하고자 하는 것은 미국과 러시아뿐만 아니라 전쟁을 생각하는 국가들이 간과해서는 안 되는 핵무기를 둘러싼 상호 파괴였다. 1980년대 말 구소련은 내부 체제 붕괴로 전쟁도 실패하고 추구하던 정통성도 잃어버렸다. 그러나 미국과 러시아는 지금도 여전히 신냉전 시대를 예고하며, 세계인을 불안하게 만들고 있다.

그렇다면 러시아는 왜 우크라이나를 침공한 것일까? 현재 국가 총동원령까지 내린 러시아와 우크라이나의 전쟁은 2014년 돈바스 전쟁으로 시작되었다. 돈바스 전쟁은 우크라이나 정부군과 친러 분리주의 간의 영토 싸움이 빈번해지면서 비롯되었는데, 우크라이나 친러 분리주의 반군 세력에 군사 지원을 해온 러시아는 이를 빙자해 본격적으로 우크라이나를 침공할 계획을 세웠다. 그리고 2021년 2월에 우크라이나를 침공했다. 그러나 속전속결로 끝내려 했던 전쟁이 예상외로 길어지고 있다. 서방과 자유주의 진영 국가들이 우크라이나에 군수품을 적극적으로 지원하고 있기 때문이다. 그뿐만 아니라, 항공우주, 반도체, 금융제재까지 가하면서 러시아는 국제적 고립을 자초했다. 나토의 결속력이 공고해지면서 세계인들의 반러 감정이 깊어졌고, 전쟁이 장기화하면서 러시아의 재정 상태도 나빠진 것이다.

그러나 전쟁은 좀처럼 멈추지 않고 장기화하고 있다. 세계에서 핵을 가장 많이 보유하고 있는 러시아가 가스와 곡물의 수출을 제재하는 것으로 맞대응하고 있어 세계는 에너지와 식량문제로 인플레이션을 맞게 되었다. 연방 부채가 30조 달러가 넘는 미국은 인플레이션으로 인한 금리 인상과 물가 상승으로 허덕일 수밖에 없다. 우리나라도 예외는 아니다. 밀가루와 가스 값이 오르면서 기업과 서민경제까지 영향을 미치고 있다.

전쟁이 한 국가만의 문제가 아님을 현실이 말해주는 것이다. 러시아는 옛 소련의 영광을 되찾으려 다시 패권을 구축하려 한다. 러시아의 중요한 전략적 요충지인 우크라이나를 차지해야만 소비에트 시절의 영광을 되찾을 수 있기 때문이다. 그러나 러시아와 서방의 경제 관계가 복잡하게 얽혀 있어서 영광을 되찾기는 요원해 보인다. 우크라이나의 승리도 마찬가지다. 러시아에 빼앗겼던 영토를 되찾고는 있지만, 외신들은 아직 우크라이나의 완전

　　　　　　　　　　　🌱 옥상 위의 칸트

승리를 장담하기 어렵다고들 얘기한다.

『붉은 폭풍』의 저자인 톰 클랜시의 작품들은 대부분 게임이나 영화로 만들어졌다. 알려진 대로 그는 전쟁 및 분쟁 관련 소설을 쓰고 예측하여 세계적인 베스트셀러에 이름이 올라 있지만, 말년에는 현실성이 떨어진다는 혹평을 받으며 위기를 맞기도 했다. 나는 톰 클랜시의 소설이 신냉전 시대의 경고처럼 읽혔다. 어떤 명분의 전쟁도 비극일 수밖에 없는 것은 살상을 위해 쓰이는 첨단 무기와 정보 전쟁 때문이다. 또 군사학에 쓰이는 최첨단 과학기술과 의학 연구비에도 천문학적인 돈이 필요하다고 한다. 문명의 발달이 전쟁과 파괴를 불러온 것은 참으로 아이로니컬한 일이다.

전쟁의 폭력성과 잔인함은 인류에게 재앙이다. 톰 클랜시 역시 그 사실을 알기 때문에 『붉은 폭풍』 같은 소설을 썼을 것이다. 그가 던진 메시지가 재미와 흥미를 넘어 세계 평화를 지키는 데 힘이 되었으면 하는 바람이다. 톰 클랜시는 2013년, 66세의 나이로 세상을 떠났다.

환자를 제대로 치료하기 위해서
공부하다 보니 회사를 차리게 되었고,
의사가 경영을 해야 하니 부족한 부분을 채우기 위해
또다시 공부에 매달릴 수밖에 없었다.

가까운 사람들은 무슨 공부를 그렇게 하는 것이냐,
환자만 잘 치료하고, 경영만 하면 되는 것이지,
상관없는 음악, 미술 공부까지 왜 하느냐고 묻는다.

부족함은 늘 상상하게 만들고 이를 확인하고 싶게 한다.
확인하고 증명하기 위해 공부가 필요한 까닭이다.

초등학교 2학년 때였을까, 비가 오던 날이었다.

처마 밑에서는 빗방울이 뚝뚝 떨어지고 있었다.

공기는 눅눅하고 무거웠지만, 빗소리에 마음은 차분하고 편안했다. 차가 지나다니는 소리, 개가 짖는 소리, 사람들의 말소리도 빗소리에 묻혀 고요했다.

나는 처마 아래 쪼그리고 앉아 흙바닥에 그림을 그렸다. 나뭇가지로 흙바닥을 긁을 때마다 알 수 없는 그림들이 생겼다.

문득 '나의 생각'은 어디서 오는 걸까 궁금함이 들었다.

나를 느끼고 의식하는 정신 속의 세계,

다른 이들도 자신을 느끼는 정신 속의 세계,

우주 같다는 생각이 들었다.

나는 그 우주 전체이기도 했고, 그중 하나이기도 했다.

이런 생각을 그림으로 그려보고 싶어졌다.

그림의 중심에 있는 점은 나이고 주변의 공간은 우주이다.
나는 우주와 무한히 가깝기도 하고, 내가 우주를 무한히 감싸고 있기도 하다.
중심에 있는 점 외에는 무한대의 공간이다.

옥상 위의 칸트

1판 1쇄 인쇄 2023년 10월 23일
1판 1쇄 발행 2023년 10월 31일

지은이 김현수

펴낸이 정용철 **편집인** 이경희, 김보현 **디자인** ⓒ단팥빵
제작 제이킴 **마케팅** 김창현 **홍보** 김한나
인쇄 (주)금강인쇄

펴낸곳 도서출판 북산
등록 제2013-000122호
주소 06197 서울시 강남구 역삼로 67길 20, 201호
전화 02-2267-7695 **팩스** 02-558-7695
인스타그램 instagram.com/glmachum **이메일** glmachum@hanmail.net
블로그 blog.naver.com/e_booksan **페이스북** facebook.com/booksan25
홈페이지 www.glmachum.co.kr

ISBN 979-11-85769-72-1 03810

도서출판 북산은 독자 분들의 소중한 원고 투고를 기다리고 있습니다.